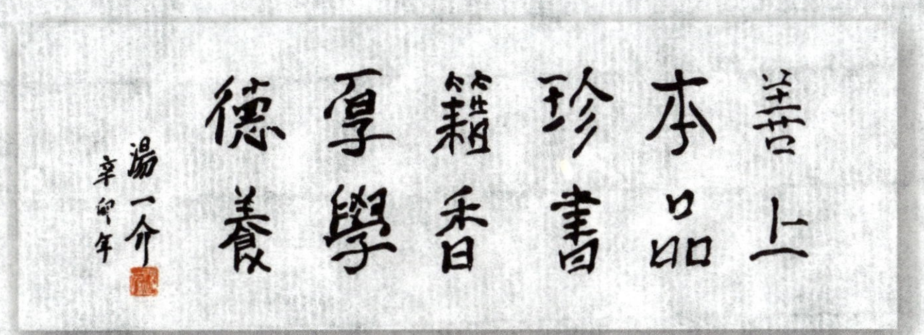

著名学者、北京大学资深教授 汤一介题

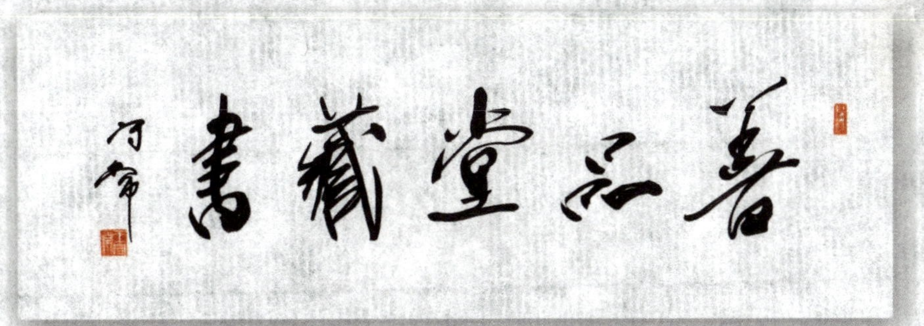


中国文化书院院长、北京大学教授 王守常题

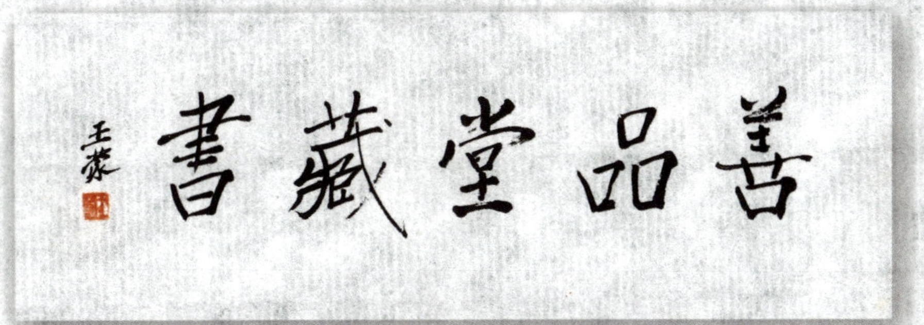


著名作家、文化部原部长 王蒙题

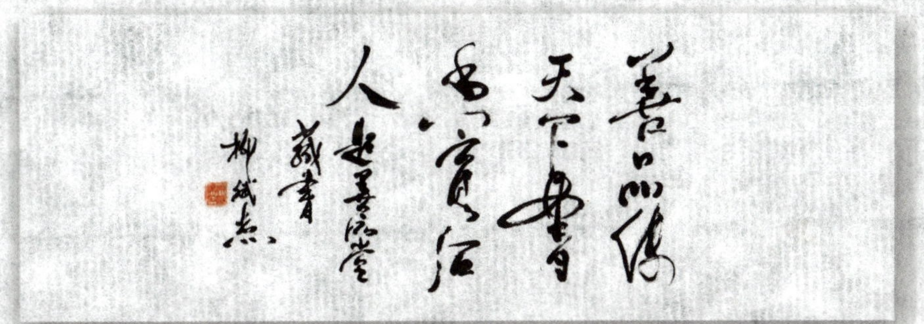

国家新闻出版总署原署长 柳斌杰题

善品堂藏書·熊伯齊·篆

图书在版编目（CIP）数据

《楚辞》精注精译精评 /（战国）屈原著；任俊华、李朝辉注译评 .
—北京：线装书局，2014.3
（国学精注精译精评文库 / 王守常主编）
ISBN 978-7-5120-1204-2

Ⅰ . ①楚…　Ⅱ . ①屈…②任…③李…　Ⅲ . ①楚辞研究
Ⅳ . ① I207.22

中国版本图书馆 CIP 数据核字 (2013) 第 321089 号

《楚辞》精注精译精评

作　　者　（战国）屈原
注译评者　任俊华　李朝辉
责任编辑　肖玉平
策　　划　善品堂藏书
出版发行　线装書局
地　　址　北京市西城区鼓楼西大街四一号
邮　　编　一〇〇〇〇九
电　　话　六四〇四五二八三
网　　址　www.xzhbc.com
印　　刷　北京市宏泰印刷有限公司
字　　数　二〇三千字
印　　张　七一点五
版　　次　二〇一四年三月第一版第一次印刷
印　　数　一〇〇〇套
定　　价　九六〇元（一函四册）

ISBN 978-7-5120-1204-2

国学精注精译精评文庫

（战国）屈原 著
任俊华　李朝辉 注译评

# 楚辭

## 精注精译精评

线装書局

# 楚辭精注精译精评



## 任俊华简介

任俊华教授，笔名峻骅，号千家峒瑶人、艮止斋主人，1966年生于湖南永州千家峒，瑶族，哲学博士，编审，中国人民大学应用伦理学出站博士后。现担任中央党校哲学部教授、博导、博士后合作导师。中国自然辩证法研究会易学与科学专业委员会秘书长、华夏国际易道研究院副院长、中国齐鲁文化促进会副会长、著作有《再塑民族之魂》《环境伦理的文化阐释》《中国古代官员创新之道》和《战略创新与管理之道》等。

# 《国学精注精译精评文库》总序

三十年来改革开放，经济的发展，物质财富的快速增长，使越来越多的中国人开始了小康生活。然而，建设中华民族共有的精神家园的任务越来越紧迫，一个古老的人生哲学命题又显现在人们的面前：我从哪里来？到哪里去？如何生活才能幸福？

这是一个人生观和宇宙观问题，也是中华民族在其文化历史进程中的规范认同问题。如『仁者爱人』、『天下为公』、『吾日三省吾身』、『德不孤必有邻』、『言必信，行必果』等观念都是中国人注重修养人格的价值来源。基本道德规范是支撑一个社会发展的重要基础。中华民族的一个重要传统就是重视基本道德规范与基本道德秩序，这是当今社会重构价值观念的资源。中华民族在其数千年生活中也融会其他民族智慧并向人类社会提供了有益的价值观念，如『己所不欲，勿施于人』已成为当今世界文明对话的伦理基础。

中华民族数千年来生生不息的精神追求所铸造的思维方法与价值观念是当代中国发展的资源。历史的昭示：一个民族文化的成长，要大胆向外族文化学习的同时不要忘记本民族的历史文化。『返本开新』应该是我们的文化战略选择。







中华民族几千年璀璨的文明史，积淀了许多为历代中国人所尊崇的奇葩瑰宝。《周易》《老子》《孙子》《论语》《大学》《中庸》《孟子》《楚辞》《坛经》《颜氏家训》《阴符经》《贞观政要》《通书》《近思录》《弟子规》《三字经》《忍经》《菜根谭》《曾国藩家书》等国学经典，都从不同的高度、角度告诉我们应该如何为人、做事，『志士不饮盗泉之水』、『廉者不受嗟来之食』、『与人为善』、『与物为春』、『以人为本』、『助人为乐』、『扶贫济困』等训诫构成了中华传统美德博大精深的完备系统。这些传世文献是弘扬中华民族精神、建设中国人共有的精神家园的珍贵文献。

时下，中国社会出现『国学热』，各种讲国学常识和名家讲国学的读物不难找到。但是，审视历代留下各类注本难易参差，亦有注疏错误。尤其新近翻刻出版的国学书籍还无法满足读者的要求。注译精良、讲解恰当而适合社会各界人士学习的国学精注精译精解类书籍又少之又少。为了适应这一需要，在『善品堂藏书』创始人何德益先生的倡导下，线装书局联合『善品堂藏书』，编辑出版了此套线装本《国学精注精译精评文库》。

『国学精注精译精评文库』由我担任主编，著名学者、北京大学资深教授汤一介先生担任总顾问，中国文化书院学术总支持。首期出版中央党校教授任俊华先生评点的七种著作，还将陆续推出海内外重要学者的最新评点著作。

因此，这套书祈望质量上乘，集学术性、普及性和收藏性于一体，雅俗共赏，为助力弘扬中华传统文化贡献绵薄之力。希望该文库对有缘人能有所启迪和帮助。是为序。

王守常

（中国文化书院院长、北京大学教授）

二〇一四年元月

# 前言

《楚辞》能够流传至今，是与伟大的爱国主义诗人屈原紧密相连的。屈原，名平，原为其字。关于他的生卒年学界分歧较大，我们根据各家考辨，定为公元前342年—公元前277年，即生于楚宣王二十八年正月初七寅时，卒于楚顷襄王二十二年五月初五午时，享年六十五岁。他曾任楚国的三闾大夫和左徒，为楚怀王起草宪令，积极主张变法图强，后遭排挤，迁居南楚，在秦军攻陷南楚重镇黔中郡之际，投汨罗江自杀，以抗议秦军暴行和表白自己誓死不当亡国奴的爱国主义精神。

「没有屈原就没有《楚辞》」，这是完全符合历史事实的。「楚辞」这个名称出现在西汉初期，当时所指的《楚辞》是限于战国时期屈原的作品，即《汉书·地理志》记载的「《离骚》诸赋」。但是因为西汉朝廷重视《楚辞》，《楚辞》的收录范围被人为地扩大了，以后历代《楚辞》选本也肆意扩大收录范围，而把屈原楚辞的真面目、真精神给破坏了。本书收录了世传的屈原所有楚辞作品，力求恢复屈原楚辞的本来面目。

什么是楚辞的真精神？那就是屈原一生追求的一身正气、光明磊落、忠于祖国、热爱人民、心忧天下的伟大精神在其楚辞创作中的具体体现。屈原一生始终保持着忠爱祖国和人民、不与奸邪同流合污的美德。这种美德深深地影响着中华民族精神的塑造，得到了历代仁人志士的认同和身体力行，至今还如日月一样，永放光芒。西汉司马迁在其名著《史记》中，评价屈原「与日月争光可也」。屈原的伟大人格及其楚辞「真精神」也影响到中国民俗。据说端午节吃粽子、划龙舟，就是为了纪念屈原的，







可见屈原在民间影响的巨大。

屈原的楚辞创作，把中国诗歌从民歌时代推进到自觉创作诗歌的诗人时代。由此屈原成为中国最早的伟大诗人，被一些学者称之为「中国诗歌之父」。他的诗是在继承楚国民歌基础上创作出来的，但又吸收了北方文化的诸多史事和神话，是中华文化灿烂艺术的结晶。

屈原创作的这种诗被称为「骚」、「骚辞」、「楚赋」、「屈原赋」、「屈原辞」和「屈平词赋」，今人通称为「楚辞」。屈原楚辞讲究思想和形式的完美统一，被学界誉为具有「真正的理想主义精神诗歌」的发轫者，开创了中国诗歌史上古典浪漫主义和悲剧意识的先河。鉴于屈原楚辞的伟大成就，1953年世界和平理事会，把屈原定为世界人民共同纪念的四大文化名人之一，赢得了「世界文化巨匠」的崇高声誉。

流传至今保存屈原楚辞最早最完整的选本是东汉王逸十七卷本的《楚辞章句》，此书为汉学考辨名著，其成就至今无人可比，故其考辨成果被本书重点采用。但这个选本却编的有些杂乱，且将屈原的《招魂》也误认为是宋玉之作了。王逸肯定屈原作品有二十五篇，即《离骚》一篇、《九歌》十一篇、《天问》一篇、《九章》九篇、《远游》一篇、《卜居》一篇、《渔父》一篇。我们认为王逸讲的这二十五篇确是屈原之作，加上《招魂》，流传至今的屈原楚辞一共是二十六篇，本书全部收录。当然，

关于屈原作品的篇数，在西汉时期就产生了不同说法。还有不少学者至今还在热衷考辨屈原作品的真伪，但鉴于各种否定之言都证据不足，所以我们不敢苟同，把历代相传的屈原创作的楚辞作品轻易否定掉。

屈原楚辞创作的顺序，大致可分为三个时期：第一期，《九章》中的《橘颂》《九歌》（包括《东皇太一》《云中君》《湘君》《湘夫人》《大司命》《少司命》《东君》《河伯》《山鬼》《国殇》《礼魂》）和《招魂》。第二期，《九章》中的《惜诵》《抽思》两篇，《远游》以及酝酿草拟《天问》《离骚》初稿。第三期，《卜居》《渔父》和《九章》中的《思美人》《涉江》《悲回风》《哀郢》《怀沙》、《惜往日》，在写《哀郢》之前，把《天问》和《离骚》最后修改定稿。本书的篇目就是按照这个顺序排列的。

本书所用的底本为宋朝洪兴祖《楚辞补注》（此本系根据王逸十七卷本《楚辞章句》作的补注，是公认的楚辞研究最可靠之书），同时参考了古今大量《楚辞》注本。由于《楚辞》经过两千多年的历史发展，已经成为一门显赫的『楚辞学』，相关著作汗牛充栋，我们虽然多年来酷爱楚辞、推重屈子，一心想博采群书，更好地反映各种研究成果，贡献一点浅见，但限于学力，肯定还存在疏漏和差错，恳请方家不吝赐教。

任俊华　李朝辉

# 目录

## 橘颂

后皇嘉树，橘徕服兮。
受命不迁，生南国兮。
深固难徙，更壹志兮。
绿叶素荣，纷其可喜兮。
曾枝剡棘，圆果抟兮。
青黄杂糅，文章烂兮。
精色内白，类可任兮。
纷缊宜修，姱而不丑兮。
嗟尔幼志，有以异兮。
独立不迁，岂不可喜兮。
深固难徙，廓其无求兮。
苏世独立，横而不流兮。
闭心自慎，不终失过兮。
秉德无私，参天地兮。
愿岁并谢，与长友兮。
淑离不淫，梗其有理兮。
年岁虽少，可师长兮。
行比伯夷，置以为像兮。





**注释**

后皇：即皇天后土，是对天地的尊称。后，后土。皇，皇天。本句的意思是说橘树是得天独厚的好树。

嘉：美好。

徕：同「来」，来到南方。洪兴祖《楚辞补注》指出：「徕与来同。《说文》云：周所受瑞麦来，麰天所来也。故曰行来之来。」

服：适应，适应当地的水土。王逸《楚辞章句》认为：「言皇天后土生美橘树，异于众木，来服习南土，便其风气，屈原自喻才德如橘树，亦异于众也。便其风气，一云便且遂也，一云便其性也。」

受命：领受天帝之命。即天生的意思。受命不迁是《橘颂》一诗的红线。所谓「不迁于志、不流于俗、不离于国」，如清钱澄之《庄屈合诂》所述：「橘之可颂在此，原之以橘自拟亦在此。」

不迁：指不能移栽到北方。迁，徙。《周礼·考工记》记载：「橘逾淮而北为枳。」清钱澄之《庄屈合诂》认为：「受命不迁，得之于天也。深固难徙，存乎志也。惟有志乃能承天。」

南国：江南。王逸《楚辞章句》指出：「言橘受天命生于江南，不可移徙，种于北地则化而为枳也。屈原自比志节如橘，亦不可移徙。」

深固：根深蒂固。

徙：移植、移栽。

更：更因为。

壹志：专一的意志。王逸《楚辞章句》认为："屈原见橘根深坚固，终不可徙，则专一己志，守忠信也。"王船山《楚辞通释》指出："难于徙而更易之，其志壹矣。橘不踰淮，喻忠臣生死依于宗国。"

绿：青。

素荣：雪白的花朵。素，白。洪兴祖《楚辞补注》考证说："《尔雅》：草谓之荣，木谓之华。此言素荣，以通称也。"王船山《楚辞通释》认为："素荣，白华也，喻士志行修洁。"

纷其：其纷，形容橘树长得那么茂盛。王逸《楚辞章句》指出："言橘青叶白华，纷然盛茂，诚可喜也。以言己行清白可信任也。"

曾枝：枝条累累。曾同"增"，层迭的意思。洪兴祖《楚辞补注》考证说："《方言》曰：凡草木刺人，江湘之间谓之棘。注引曾枝剡棘。"

剡（yǎn 俨）棘：指橘树上的锐利的小刺。王逸《楚辞章句》指出："剡，利也。棘，橘枝，刺若棘也。"王船山《楚辞通释》认为："剡，锐也……喻贞介与俗相拒。"

抟（tuán 团）：同"团"，圆圆的。这里用来形容橘的形状团团圆圆。王逸《楚辞章句》考证说："抟，圜也。楚人名圜为抟。言橘枝重累，又有利棘，以象武也。其实圆抟，又象文也。以喻己有文武，能方圆也。圆果，一作圜实。抟，一作槫。"《说文》云："抟，圜也。其字从手。"



杂糅（zǒu 柔）：混杂。因橘子渐次成熟，所以有"青黄杂糅"的情况。洪兴祖《楚辞补注》指出："青黄杂糅，言其外之文，精色内白，言其中之志也。"

文章：指橘皮的颜色。

烂：灿烂，光彩鲜艳的意思。王逸《楚辞章句》认为："言橘叶青，其实黄，杂糅俱盛，烂然而明。以言己敏达道德，亦烂然有文章也。"

精色：指橘子的表面晶莹。精，明。王船山《楚辞通释》指出："类人有精白之心，可托以大任。"

类：类似，犹如。

可任：一作"任道"，指可以担当重任的人。王逸《楚辞章句》认为："言橘实赤黄，其色精明，内怀洁白，以言贤者亦然，外有精明之貌，内有洁白之志，故可任以道而事用之也。"

纷缊（yūn 晕）：香气浓郁。纷同"芬"。缊同"氲"（yūn 晕）。王船山《楚辞通释》分析说："纷缊，剖之而香雾靡微也。类人之修能合宜，芳美发见而无恶。"

宜修：美好，这里形容修饰得体。

姱（kuā 夸）：美好。

不丑：出类拔萃，无比。丑，类，比。王逸《楚辞章句》认为："言橘类纷缊而盛，如人宜修饰，形容尽好，无有丑恶也。"

嗟：赞叹。

以异：与众不同的地方。王逸《楚辞章句》认为：「言嗟乎众臣，女少小之人，其志易徙，有异于橘也。」

独：独立的性格。

不迁：坚定不移。王逸《楚辞章句》分析说：「屈原言己之行度，独立坚固，不可迁徙，诚可喜也。」

深固难徙：指橘树根深蒂固难以移栽。洪兴祖《楚辞补注》指出：「凡与世迁徙者，皆有求也。吾之志举世莫得而倾之者，无求于彼故也。」

廓：广大空阔，这里用来形容心胸开阔。

无求：无所追求。

苏世：醒世。对浑浊的世俗保持清醒的头脑。洪兴祖《楚辞补注》考辨说：「死而更生曰苏。《魏都赋》曰：非苏世而居正。」陆时雍《楚辞疏》认为「苏」当作「疏」，有疏远之意。汤炳正《楚辞今注》也认为「苏」即「疏」，「疏世」，言「远离世俗」。其说可参。

横：横渡。这里用行船比喻人的性格不肯随波逐流。王逸《楚辞章句》指出：「言屈原自知为谗佞所害，心中觉寤，然不可变节，犹行忠直，横立自持，不随俗人也。」

闭心：关闭内心，即节欲。

自慎：谦虚谨慎。

不终失过：不犯过错。王逸《楚辞章句》考辨说：「言己闭心捐欲，敕慎自守，终不敢有过失也。一云：终不过兮，一云：终不失过兮。」

秉德：保持美好的品德。秉，执。

参天地：与天地相合。古人认为天地是秉公无私的。参，合的意思。王逸《楚辞章句》指出：「言己执履忠信，行无私阿，故参配天地，通之神明，使知之也。」



谢：去。洪兴祖《楚辞补注》考辨说：「《说文》云：谢，辞去也。此言己年虽与岁月俱逝，愿长与橘为友也。」

长友：长期为友。王逸《楚辞章句》指出：「言己愿与橘同心并志，岁月虽去，年且衰老，长为朋友，不相远离也。」

淑：善良的意思。

离：通「丽」，美丽之义。

梗：耿直、正直的意思，这里用来形容人的性格耿直。

理：纹理，这里比喻通情达理。王逸《楚辞章句》指出：「言己虽设与橘离别，犹善持己行，梗然坚强，终不淫惑而失义也。」

可师长：可作兄长、可为师表。王逸《楚辞章句》说：「言己年虽幼少，言有法则，行有节度，诚可师用长老而事之。」洪兴祖《楚辞补注》也说：「言可为人师长。」

行：品行。洪兴祖《楚辞补注》考辨说：「行，下孟切。比，音鼻，近也。韩愈曰：伯夷者特立独行，亘万世而不顾者也。屈原独立不迁，宜与伯夷无异。乃自谓近于伯夷，而置以为像，尊贤之词也。」

伯夷：商朝孤竹君之子，以品行高洁闻名。伯夷耻食周粟，饿死在首阳山。因此，古人把伯夷视为清高有节操的人。王逸《楚辞章句》考辨说：「伯夷，孤竹君之子也。父欲立伯夷，伯夷让弟叔齐，叔齐不肯受，兄弟弃国，俱去之首阳山下。

周武王伐纣，伯夷、叔齐扣马谏之曰：父死不葬，谋及干戈，可谓孝乎？以臣弑君，可谓忠乎？左右欲杀之，太公曰：不可。引而去之。遂不食周粟而饿死。屈原亦自以修饰洁白之行，不容于世，将饿馁而终。故曰：以伯夷为法也。」

置：通「植」，种植。一说树立。王船山《楚辞通释》说：「置，植也。」

像：榜样。王逸《楚辞章句》说：「像，法也。」

**译文**

橘树是得天独厚的好树啊，
它来到南方习惯了当地的水土。
天生不能移栽到北方啊，
只能生长在江南之地。
它根深蒂固很难移植，
这是意志专一的缘故。
绿叶白花，
长得那么茂盛喜人啊。
枝条层层小刺锋利，
果实圆圆饱满啊。
青的和黄的错杂分布，
色泽鲜艳光彩绚丽。





表皮晶莹果瓤洁白，
就像可担重任的人一样。
香气浓郁修剪适当。
姿态美好出类拔萃。
赞叹你从小的志向啊，
有与众不同之处。
禀性独立不随意改变，
难道不令人倍感欣喜？
根深固土难以移植，
心胸开阔别无所求啊。
超越俗世特然独立，
敢于坚持真理不随波逐流啊。
节欲谦虚，
自始至终不出纰漏啊。
具有刚正无私的品德，
可与天地相合啊。

希望我们的时间一起渡过，
愿我们的友谊长存啊。
你容貌美丽行为端庄，
性格耿直坚持真理。
年岁不大，
却可为人师表。
品行高洁堪比伯夷，
种植你啊作为人们学习的榜样。

**评点** 橘颂：对橘树的赞美和歌颂。橘树是楚国普遍种植的原生果树，四季常青，花果香甜，为君子之树。据我国植物学家的科学研究，属于古代南楚之九嶷山区是世界著名的橘树原生地之一（今湖南瑶族千家峒周围深山老林里还保留了一些野生橘树，历史十分悠久。）宋朝洪兴祖《楚辞补注》考证说：「《禹贡》：淮海惟扬州，厥包橘柚锡贡。《汉书》：江陵千树橘与千户侯等。《异物志》云：橘为树，白华赤食，皮既馨香，又有善味。」从《橘颂》的「嗟尔幼志」、「年岁虽少」等言语，可以看出橘颂的写作年代应为屈原少年时期。屈原的这种精神正是梁启超所讲的「少年」的精神。这首诗通过咏物和抒情的紧密结合，表现了作者早期对纯真美好品德的追求。楚辞研究大家林庚先生在其《林庚楚辞研究两种》中曾对《橘颂》这样评价：「《橘颂》所写的是一种清醒的性格，这正是屈原的性格。战国时期正处在统一的国家观念将趋于成熟而还未成熟的演进过程中，它一方面在逐步接近形成，一方面又在不断打破局限，这时的





人们因此可以有国家观念，也可以没有。当时的才智之士往往漫游于列国之间，以取得霸王之道的发展。屈原的爱国主义精神因此也往往只是具体的体现在乡土的热爱上。」又说：「屈原的爱国主义精神，更具体的还是集中在要求「美政」，反抗权贵的政治斗争的内容上。……当时权贵之间的「虚伪」、「贪婪」就成了屈原的反面镜子。屈原此后作品中的斗争矛头始终就是针对着当时楚国宫廷中腐朽的贵族势力的。……屈原把这种「不迁」的精神推而广之，便成为他坚定不屈的人格，便会成为人生的中流砥柱。」《橘颂》所体现的屈原的「醒觉」精神、「不迁」精神（不迁于志、不流于俗、不离于国）、「独立」精神对于「中国人精神」、知识分子良心的形成影响深远。所谓「天下兴亡，匹夫有责」、「苟利国家生死以，岂因祸福趋避之」正是对屈原这种精神的继承和发扬。

## 九歌

### 东皇太一

吉日兮辰良，穆将愉兮上皇。
抚长剑兮玉珥，璆锵鸣兮琳琅。
瑶席兮玉瑱，盍将把兮琼芳。
蕙肴蒸兮兰藉，奠桂酒兮椒浆。
扬枹兮拊鼓，□□兮□□。
疏缓节兮安歌，陈竽瑟兮浩倡。
灵偃蹇兮姣服，芳菲菲兮满堂。
五音纷兮繁会，君欣欣兮乐康。

**注释**

东皇太一：太一，星名，太者，大也；一者，独一无二也。这是楚人对最高天神的称呼。1993年湖北荆门市纪山镇郭店村出土郭店楚简，有一篇取名《太一生水》的文献中就记载说「天地者，太一之所生也。」可见，太一地位之高是无可怀疑的。因其祠宇在楚国的东方，故称东皇。这是一首巫师合唱迎迓（yà 呀）颂扬东皇太一的祭祀乐歌。蒋骥《山带阁注楚辞》指出：「《九歌》所祀之神，太一最贵，故作歌者但致其庄敬，而不敢存慕恋怨忆之心，盖颂体也。」文选《五臣》注：「每篇之目皆楚之神名。所以列于篇后者，亦犹《毛诗》题章之趣。太一，星名，天之尊神。祠在楚东，以配东帝，故云东皇。」洪兴祖《楚辞补注》曰：「《汉书·郊祀志》云：天神，贵者太一。太一佐曰五帝。古者天子以春秋祭太一东南郊。《天文志》曰：中宫天极星，其一明者，太一常居也。《淮南子》曰：太微者，太一之庭，紫宫者，太一之居。说者曰：太一，天之尊神，曜魄宝也。《天文大象赋》注云：天皇大帝一星在紫微宫内，勾陈口中。其神曰曜魄宝，主御群灵，秉万机神图也。其星隐而不见。其占以见则为灾也。又曰：太一一星，次天一南，天帝之臣也。主使十六龙，知风雨、水旱、兵革、饥馑、疾疫。占不明反移为灾。」可备参考。

吉日：正月初一。

辰良：即良辰。好的时辰。这里指日出之时。洪兴祖《楚辞补注》考辨说：「沈括存中云：吉日兮辰良，盖相错成文，则语势矫健。如杜子美诗云：「红豆啄余鹦鹉粒，碧梧栖老凤凰枝。」韩退之云：「春与猿吟兮，秋鹤与飞。」皆用此体也。」

穆：虔诚，恭敬的意思。王逸《楚辞章句》说：「穆，敬也。」

愉：使之快乐。王逸《楚辞章句》说：「愉，乐也。」

上皇：即东皇太一。王逸《楚辞章句》考辨说：「上皇，谓东皇太一也。言已将修祭祀，必择吉良之日，斋戒恭敬，以宴乐天神也。」

抚：手持。王逸《楚辞章句》说：「抚，持也。」洪兴祖《楚辞补注》认为：「抚，循也。以手循其珥也。」

玉珥（ěr 而）：玉镶的剑把。珥，剑把。古时巫师祭神均手持宝剑。洪兴祖《楚辞补注》考辨说：「《博雅》曰：「剑珥谓之镡。镡（tán 谈），剑鼻。一曰剑口，一曰剑环。珥，耳饰也。镡所以饰剑，故取以名焉。」」

璆（qiú 求）锵（qiāng 枪）：身上佩玉的撞击声。朱熹《楚辞集注》考辨说：「璆锵皆玉声，《孔子世家》云：「佩环玉声璆然。」《玉藻》云：「古之君子必佩玉，进则揖之，退则扬之，然后玉锵鸣也。」

琳琅：美玉。王逸《楚辞章句》考辨说：「璆、琳琅，皆美玉名也。《尔雅》曰：有璆琳琅玕焉。锵，佩声也。诗曰：佩玉锵锵。言己供神有道，乃使灵巫常持好剑以辟邪，要垂众佩周旋而舞，动鸣五玉锵锵而和，且有节度也。或曰：纠锵鸣兮琳琅。纠，错也。琳琅，声也。谓带剑佩众多，纠错而鸣，其声琳琅也。」

瑶席：瑶草编织的席子。王逸《楚辞章句》考辨说：「瑶，石之次玉者。《诗》云：「报之以琼瑶。」」洪兴祖《楚辞补注》说：「瑶，音遥。一曰美玉也。」

玉瑱（zhèn镇）：用玉压（在瑶席上）。瑱，戴在耳垂上的玉，此同「镇」，压住的意思。洪兴祖《楚辞补注》说：「瑱，压也。音镇。下文云白玉兮为镇，是也。《周礼》：玉镇，大宝器也。故书做瑱。」此论极是。

盍（hé和）：语气助词，何不的意思。王逸《楚辞章句》说：「盍，何不也。」

将：举。

把：握、持的意思。

琼芳：玉色的花束。王逸《楚辞章句》指出：「琼芳，玉枝也。言己修饰清洁，以瑶玉为席，美玉为瑱，灵巫何持乎？乃复把玉枝以为香也。」《文选》五臣注：「灵巫何不持琼枝以为芳香，取美洁也。」

蕙肴：用蕙草蒸肉也。

蒸：蒸肉。

藉：垫底。这句的意思是把蕙草蒸的肉放在兰草上奉献。王逸《楚辞章句》说：「藉，所以藉饭食也。」洪兴祖《楚





辞补注》认为：「藉，荐也」。

桂酒：桂花酒。王逸《楚辞章句》说：「桂酒，切桂置酒中也。」

椒浆：花椒做的香汤。王逸《楚辞章句》分析说：「椒汤，以椒置汤中也。言己供待弥敬，乃以蕙草蒸肴，芳兰为藉，进桂酒椒浆以备五味也。」《文选》五臣注：「蕙、兰、椒、桂，皆取芬芳。」

扬：举的意思。

枹（fú服）：鼓槌。

拊（fǔ府）鼓：击打鼓的意思。从此诗押韵规律分析，本句后面疑脱漏一句。

疏缓节：节拍缓慢。

安歌：歌声优美平稳。此句意为轻歌曼舞。王逸《楚辞章句》分析说：「言肴膳酒醴既具，不敢宁处，亲举枹击鼓，使灵巫缓节而舞，徐歌相和，以乐神也。」《文选》五臣注：「使曲节希缓而安音轻歌。」

陈竽瑟：竽瑟齐奏。王逸《楚辞章句》说：「陈，列也。」洪兴祖《楚辞补注》考辨说：「《礼记》：钟、磬、竽、瑟以和之。竽，笙类，三十六簧。瑟，琴类也，二十五弦。」

浩倡：高声歌唱。倡，同「唱」。王逸《楚辞章句》分析说：「浩，大也。言己又陈列竽瑟，大倡作乐，以自竭尽也。」

灵：指祭神的巫女。另说「灵」谓神灵，指东皇太一。王逸《楚辞章句》说：「灵，谓巫也。」

偃（yǎn眼）蹇（jiǎn简）：舞姿轻盈的样子。王逸《楚辞章句》说：「偃蹇，舞貌」。洪兴祖《楚辞补注》指出：「偃蹇，委屈貌。一曰众盛貌。」

姣（jiǎo）服：美好的服饰。

菲菲：花草茂盛的样子。王逸《楚辞章句》分析说：『言乃使姣好之巫，被服盛饰，举足奋袂，偃蹇而舞。芬芳菲菲，盈满堂室也。』

五音：我国古代音乐的音阶，即宫、商、角、徵（zhǐ只）、羽。

纷：盛大的样子。

繁会：错杂，交响的意思。王逸《楚辞章句》说：『繁，众也。』《文选》五臣注：『繁会，错杂也。』

君：指东皇太一。

欣欣：高兴的样子，草木茂盛的样子。

康：安的意思。王逸《楚辞章句》分析说：『康，安也。言己动作众乐，合会五音，纷然盛美。神以欢欣，厌饱喜乐，则身蒙庆祐，家受多福也。屈原以为神无形声，难事易失。然人竭心尽礼，则歆其祀而惠降以祉自伤履行忠诚以事其君，不见信用而身放弃，遂以危殆也。』

**译文** 吉祥的日子啊美好的时光，

在庄严的场合敬祭东皇太一。

用手按抚着镶玉的长剑，

玉佩叮当叮当响。

把玉镇压在瑶席上啊，

把鲜花琼枝供奉在神座两旁。

奉上蕙草熏制的肉块和兰花垫子，

摆上桂花酒和椒浆汤。

挥起鼓槌猛击着鼓，

□□□□□□。

舒缓的节拍下轻歌曼舞，

吹竽弹瑟啊齐声高歌。

身着华丽衣裳的巫女翩翩起舞，

香气浓浓散漫殿堂。

五音交响齐合奏啊，

东皇太一多么快乐安康！

## 云中君

浴兰汤兮沐芳，华采衣兮若英。

灵连蜷兮既留，烂昭昭兮未央。

蹇将憺兮寿宫，与日月兮齐光。

龙驾兮帝服，聊翱游兮周章。
灵皇皇兮既降，猋远举兮云中。
览冀州兮有馀，横四海兮焉穷。
思夫君兮太息，极劳心兮𢥞𢥞。

注释

云中君：古代神话中的云神。人们渴望风调雨顺、五谷丰登，所以诗歌表现了人们对云神的赞颂和思慕之情。王逸《楚辞章句》考辨说：『云神丰隆也。一曰屏翳。已见《骚经》。《汉书·郊祀志》有云中君。』在《离骚》中称云中君为云神『丰隆』，是农业丰收、昌隆的保护神。

浴、沐：古人祭祀前必须沐浴斋戒。浴为洗身体，沐为洗头发。

华采衣：华美绚丽的衣服。洪兴祖《楚辞补注》考辨说：『荀卿《云赋》云：五彩备而成文，衣华彩之衣，以其类也。』

若英：如花。王逸《楚辞章句》认为：『若，杜若也。言己将修飨祭以事云神，乃使灵巫先浴兰汤，沐香芷，衣五彩，华衣饰以杜若之英，以自洁清也。』洪兴祖《楚辞补注》考辨说：『《本草》：杜若，一名杜蘅，叶似姜而有文理，味辛香。今复别有杜蘅，不相似。』

灵：神灵，这里指云神。王逸《楚辞章句》说：『灵，巫也。楚人名巫灵子。』

连蜷（quán 犬）：回环宛转的样子。王逸《楚辞章句》认为：『连蜷，巫迎神导引貌也。』洪兴祖《楚辞补注》考辨说：『《南都赋》云：蛾眉连卷，连卷，长曲貌。』

既留：已在云端。王逸《楚辞章句》注：『既，已也。留，止也。』

烂昭昭：灿烂明亮。王逸《楚辞章句》注：『烂，光貌也。昭昭，明也。』

未央：无穷无尽。王逸《楚辞章句》分析说：『央，已也。言巫执事肃静，奉迎导引，颜貌矜庄，形体连蜷。神则欢喜，必留而止。见其光容灿烂昭明，无极已也。』







蹇（jiǎn 简）：发语助词。

憺（dàn 但）：安宁、安乐。王逸《楚辞章句》注：『憺，安也。』

寿宫：神坛。王逸《楚辞章句》考辨说：『寿宫，供神之处也。祠祀皆欲得寿，故曰寿宫。』洪兴祖《楚辞补注》指出：『汉武帝置寿宫神君。臣瓒曰：寿宫，奉神之宫。』

齐光：同色。王逸《楚辞章句》说：『齐，同也。光，明也。言云神丰隆，爵位尊高，乃与日月同光明也。夫云兴而日月闇，云藏而日月明，故言齐光也。齐，一作争。』

龙驾：云神驾驭龙。王逸《楚辞章句》认为：『龙驾，言云神驾龙也。故《易》曰：云从龙。』

帝服：穿天帝的服饰。王逸《楚辞章句》说：『帝，谓五方之帝也。言天尊云神，使之乘龙，兼衣青黄五彩之色，与五帝同服也。』《文选》五臣注：『言神驾云龙之车。』

聊翱游：姑且飞翔。钱澄之《庄屈合诂》认为：『聊翱遊者，婉词以别主任，犹云暂住周流一遊耳。』

周章：四面八方。王逸《楚辞章句》指出：『周章，犹周流也。言云神居无常处，动则翱翔，周流往来，且游戏也。』《文选》五臣注：『翱翔，周章，往来迅疾貌。』蒋骥《山带阁注楚辞》认为：『周章，急遽貌。』

皇皇：同『煌煌』，辉煌灿烂的意思。王逸《楚辞章句》说：『皇皇，美貌。』这里形容云神到来时的样子。

既降：已经降临。

猋（biāo标）：很快地。王逸《楚辞章句》认为：「猋，去疾貌也。」

远举：远走高飞。

云中：云神所居之处。王逸《楚辞章句》说：「言云神往来急疾，饮食既饱，猋然远举，复还其处也。」

览：看的意思。王逸《楚辞章句》注：「览，望也。」

冀（jì既）州：中国的代称。古代中国划分为冀、衮（gǔn滚）、青、徐、扬、荆、豫、梁、雍九州，冀州为九州之首，常代指中国。王逸《楚辞章句》说：「两河之间谓冀州。」《文选》五臣注：「言神所居高绝，下览冀州，横望四海，皆有余而无极。冀州，九州中。谓今四海之内。」

四海：周游天下。古人认为中国东南西北四面皆为大海包围。《尔雅·释地》记载：「九夷、八狄、七戎、六蛮谓之四海。」

焉：哪里的意思。

穷：止境。王逸《楚辞章句》指出：「穷，极也。言云神出入奄忽，须臾之间，横行四海，安有穷极也。」

夫君：指云神。夫，发语助词。王逸《楚辞章句》说：「君谓云神。」《文选》五臣注：「夫君，谓云神，以喻君也。言夫君所居高远，下制有国，我之思君，终不可见，故叹息而忧心也。」

太息：叹息。

𢥞𢥞：即「忡忡」，忧心的样子。王逸《楚辞章句》分析说：「𢥞𢥞，忧心貌。屈原见云一动千里，周遍四海，





想得随从，观望西方，以忘己忧思，而念之终不可得，故太息而叹，心中烦劳而𢥞𢥞也。或曰：君，谓怀王也。屈原陈序云神，文义略讫，愁思复至，哀念怀王暗昧不明，则太息增叹，心每𢥞𢥞，而不能已也。𢥞，一作忡。」此说可参考。

## 译文

用芳香的兰汤沐浴啊，
穿着华丽衣裳宛如鲜花一样美丽。
云中君蹁跹起舞穿梭在云雾中，
晨光灿烂啊，神采辉煌。
云中君居住在寿宫神坛多么安乐啊，
与日月同放明亮的光芒。
乘坐着龙车啊身穿着帝服，
时而出现在天上啊自由翱翔。
神灵云中君啊，灵光闪闪已经降临，
突然又远远地飞入云中。
你俯瞰中国大地啊，一览无余。
你的踪迹纵横四海，哪里是止境？
我想念云中君啊，为自己长声叹息，
十分思念啊，忧心忡忡。

## 湘君

君不行兮夷犹，蹇谁留兮中洲？
美要眇兮宜修，沛吾乘兮桂舟。
令沅、湘兮无波，使江水兮安流。
望夫君兮未来，吹参差兮谁思？
驾飞龙兮北征，邅吾道兮洞庭。
薜荔柏兮蕙绸，荪桡兮兰旌。
望涔阳兮极浦，横大江兮扬灵。
扬灵兮未极，女婵媛兮为余太息！
横流涕兮潺湲，隐思君兮陫侧。
桂棹兮兰枻，斲冰兮积雪。
采薜荔兮水中，搴芙蓉兮木末。
心不同兮媒劳，恩不甚兮轻绝。
石濑兮浅浅，飞龙兮翩翩。
交不忠兮怨长，期不信兮告余以不閒。
鼂骋骛兮江皋，夕弭节兮北渚。







鸟次兮屋上，水周兮堂下。
捐余玦兮江中，遗余佩兮醴浦。
采芳洲兮杜若，将以遗兮下女。
旹不可兮再得，聊逍遥兮容与。

**注释**

湘君：神话传说中帝舜南巡时病死苍梧，葬于九嶷山。因苍梧和九嶷是湘水源头，舜便化为湘水男神，号湘君。舜的二妃，南下寻夫，得知帝舜已死，投湘江殉情，化为湘水女神，号湘夫人。《湘君》是女巫扮女神湘夫人的唱词。洪兴祖《楚辞补注》考辨说：『刘向《列女传》：舜陟（zhì志）方死于苍梧，二妃死于江、湘之间，俗谓之湘君。《礼记》：舜葬于苍梧之野，盖二妃未之从也。注云：《离骚》所歌湘夫人，舜妃也。韩退之《黄陵庙碑》云：湘旁有庙，曰黄陵。自前古立以祠尧之二女舜二妃者。秦博士对始皇帝云：湘君者，尧之二女，舜妃者也。刘向、郑玄亦皆以二妃为湘君。而《离骚》、《九歌》既有湘君，又有湘夫人。王逸以为湘君者，自其水神。而谓湘夫人，乃二妃也。从舜南征三苗，不及，道死沅（yuán圆）、湘之间。《山海经》曰：洞庭之山，帝之二女居之。郭璞疑此二女者，帝舜之后，不当降小水为其夫人，因以二女为天帝之女。以余考之，璞与王逸俱失也。尧之长女娥皇，为舜正妃，故曰君。其二女女英，自宜降曰夫人也。故《九歌》词谓娥皇为君，谓女英为帝子，各以其盛者，推言之也。礼有小君，君母，明其正，自得称君也。』

君：指湘君。

不行：不来，这里指不来赴约。汪瑗《楚辞集解》认为：『不行，犹不来也。不行，自离彼处而言；不来，自至处而言。』

夷犹：犹豫。王逸《楚辞章句》指出：『夷犹，犹豫也。言湘君所在，左沅、湘，右大江，苞洞庭之波，方数百里，群鸟所集，鱼鳖所聚，土地肥饶，又有险阻，故其神常安，不肯游荡，既设祭祀，使巫请呼之，尚复犹豫也。』

蹇：发语词。

谁：为什么。

留：等待的意思。洪兴祖《楚辞补注》说：『留，止也。』

中洲：河中沙洲。王逸《楚辞章句》考辨说：『洲中也，水中可居者曰洲。言湘君蹇然难行，谁留待于水中之洲乎？以为尧用二女妻舜，有苗不服，舜往征之，二女从而不返，道死于沅、湘之中，因为湘夫人也。所留，盖谓此尧之二女也。』《文选》五臣注：『谁将留待于中洲乎？欲神之速至也。』洪兴祖《楚辞补注》说：『逸以湘君为湘水神，而谓湘君于中洲者，二女也。韩退之则以湘君为娥皇，湘夫人为女英。』

要眇（miǎo 秒）：美好的样子。这句的意思是湘夫人为到中洲迎接湘君，把自己打扮得很漂亮。王逸《楚辞章句》指出：『要眇，好貌。修，饰也。言二女之貌要眇而好，又宜修饰也。』洪兴祖《楚辞补注》考辨说：『要，于笑切。眇，与妙同。《前汉》传曰：幼眇之声。亦音要妙。此言娥皇容德之美，以喻贤臣。』

沛：快速前进。王逸《楚辞章句》注：『沛，行貌。』

桂舟：用桂木造的船，取其芳香。下文的荪桡、兰旌、兰枻都与此同义。王逸《楚辞章句》认为：『言已虽在湖泽之中，犹乘桂木之船，沛然而行，常香净也。』《文选》五臣注：『我复乘桂舟以迎神。舟用桂者，取香洁之义。《孟子》曰：如水之就下，沛然推能御之。』





参差：即箫。王逸《楚辞章句》指出：『参差，洞箫也。言已供修祭祀，瞻望于君，而未肯来，则吹箫作乐，诚欲乐君，当复谁思念也。』《文选》五臣注：『谓神肯来斯，而我作乐，吹声参差，当复思谁，言思神之甚。《风俗通》云：舜作箫，其形参差，象凤翼，参差，不齐之貌。』

谁思：怎么能不思念。

飞龙：指龙舟。

北征：向北行进。王逸《楚辞章句》说：『征，行也。屈原思神略毕，思念楚国，愿驾飞龙北行，亟还故居也。』

邅（zhān 沾）：回转、转弯的意思。王逸《楚辞章句》说：『邅，转也。』

薜（bì 必）荔：一种香草。

柏：箔，即帘。

绸：通『帱』，帐。王逸《楚辞章句》说：『绸，缚束也。』

桡（ráo 饶）：短桨。

涔（cén 岑）阳：地名。王逸《楚辞章句》说：『涔阳，江碕名。近附郢。』洪兴祖《楚辞补注》考辨说：『涔，音岑。碕，音祈，曲岸也。今澧州有涔阳浦。未详。』

极浦：遥远的水滨。

横：渡。

大江：这里指长江。

扬灵：神驰远眺。王逸《楚辞章句》分析说：『灵，精诚也。屈原思念楚国，愿乘轻舟，下望江之远浦，下附郢之碕，以谍忧患，横渡大江，扬己精诚，冀能感悟怀王使还己也。』《文选》五臣注：『言我远游此浦，将横绝大江，扬其精诚于君侧。』

未极：即未及、未至。没有看到你。

女：侍女。

婵媛（chán yuán 蝉圆）：关心痛恻的样子。

潺湲（chán yuán 蝉圆）：泪流不止的样子。

君：这里指楚怀王。

陫侧：即悱恻，内心忧伤的样子。

棹（nào 闹）：桨。

枻：舵。

斲：砍开、劈开。

积雪：扫除雪。扫雪成堆，故说积雪。这句诗的意思是打通航道，破浪前进。

搴（qiān 签）：摘取。

芙蓉：即水芙蓉，荷花。

木末：树梢。







媒劳：媒人徒劳。王逸《楚辞章句》指出：『言婚姻所好，心意不同，则媒人徒劳而无功也。屈原自喻行与君异，终不可合，亦疲劳而已也。』

甚：深。

轻绝：易断绝，易抛弃。王逸《楚辞章句》分析说：『言人交接初浅，恩不甚笃，则轻相与离绝。言己与君同姓共祖，无离绝之义也。』《文选》五臣注：『事君之道，亦类此焉。』

石濑（lài 赖）：浅滩上的流水。濑，流的很急的水。

浅浅（jiān 兼）：水流很急的样子。

飞龙：龙舟。

翩翩：船行轻快的样子。王逸《楚辞章句》指出：『屈原忧愁，挑视川水，见石濑浅浅，疾流而下，将有所至；仰见飞龙，翩翩而上，将有所登。自伤弃在草野，终无所登至也。』《文选》五臣注：『下视睡石，浅浅而流，仰观飞龙，翩翩而举。物皆遂性，我独不然也。』

交：这里指爱情。

期：预约。

閒：同『闲』，闲暇。

鼂：同『朝』，早晨。王逸《楚辞章句》说：『鼂，以喻盛明也。泽曲曰皋。言己愿及鼂，明己年盛时，任重驰驱，以行道德也。鼂，一作朝。』

骋骛（wù误）：奔跑、奔走。

江皋（gāo搞）：江边。

弭（mí迷）节：慢慢停下来。王逸《楚辞章句》注：『弭，安也。』

北渚（zhǔ主）：北边的小洲。

次：栖息。王逸《楚辞章句》说：『次，舍也。再宿为信，过信曰次。』

周：绕。

堂下：堂前流。

捐：抛。

玦（júe绝）：环形而有缺口的玉佩。

遗：抛、丢、扔。

醴浦：澧水的岸边。醴同『澧』。

芳洲：香洲、香岛。王逸《楚辞章句》注：『芳洲，香草聚生水中之处。』

遗（wèi谓）：赠送。朱熹《楚辞集注》考辨说：『此言湘君既不可见，而爱慕之心终不能忘，故欲解其玦佩以为赠，而又不敢显然致之以当其身。故但委之于水滨，若捐弃而坠失之者，以阴寄吾之意，而冀其或将取之。……然犹恐其不能自达，则又采香草以遗其下之侍女，使通吾意殷勤，而幸玦佩之见取。』

下女：身边的侍女。







旹：同『时』，时光、日子。

逍遥：悠游自得的样子。

容与：从容宽松的意思。本句诗的意思是要珍惜时光，宽心度日。

**译文**

湘君不肯走啊，犹豫徘徊。

在水中陆地逗留啊，是在等待谁呢？

我身着靓装啊，准备迎接你，

在急流中我搭上了桂木舟。

命令沅水和湘水之神不起波浪啊，

使大江之水平稳安然地流向远方。

盼望那个湘君还没有来啊，

我吹响排箫是在思念谁？！

我驾着龙舟向北行去，

转个弯儿就到了洞庭。

我用薜荔装饰船舱啊，用蕙草装饰幕帐，

用兰草装饰旌旗啊，用荪草装饰船桨。

眺望涔阳的浦口啊，多么遥远的地方。

横渡大江啊，我表达自己的一片精诚之心。
精诚所至啊，您还没到来，
侍女声声叹息啊，为我悲伤。
涕泪满面啊，我泪水不止，
暗暗想念湘君啊，我愁断了肠。
桂木桨啊兰木舵，
我凿除冰雪打通航道。
迎接湘君如像水中采薜荔啊，
又仿佛上树梢去摘荷花。
两心不同啊，媒人也徒劳。
恩爱不深啊，容易彼此抛弃。
石滩之流啊，水流很急，
飞龙之舟啊，跑得轻快。
相交而不忠诚啊，就会彼此抱怨不息，
相约而不守信啊，都对我说没空闲相见。
早上我奔驰在江边啊，





傍晚就停在北渚里。
鸟儿栖息在屋上头，
流水啊，环绕着堂前不断流。
我要把玉玦丢进大江中啊，
我要把玉佩投进澧水滨。
我采集芳洲上的香花美草啊，
打算赠给您的侍女。
美好的时光难再得啊，
我姑且逍遥自在漫步江旁。

## 湘夫人

帝子降兮北渚，目眇眇兮愁予。
嫋嫋兮秋风，洞庭波兮木叶下。
白薠兮骋望，与佳期兮夕张。
鸟萃兮蘋中？罾何为兮木上？
沅有茝兮醴有兰，思公子兮未敢言。

荒忽兮远望，观流水兮潺湲。

麋何食兮庭中？蛟何为兮水裔？

朝驰余马兮江皋，夕济兮西澨。

闻佳人兮召予，将腾驾兮偕逝。

筑室兮水中，葺之兮荷盖。

荪壁兮紫坛，匊芳椒兮成堂。

桂栋兮兰橑，辛夷楣兮药房。

罔薜荔兮为帷，擗蕙櫋兮既张。

白玉兮为镇，疏石兰兮为芳。

芷葺兮荷屋，缭之兮杜衡。

合百草兮实庭，建芳馨兮庑门。

九嶷缤兮并迎，灵之来兮如云。

捐余袂兮江中，遗余褋兮醴浦。

搴汀洲兮杜若，将以遗兮远者。

时不可兮骤得，聊逍遥兮容与。

**注释**

湘夫人：即湘水女神。本篇由巫扮男神湘君演唱。今人林庚先生认为《湘夫人》和《湘君》原本是一篇，





称为《湘君湘夫人》，但『演出时可能是两幕，这或者正是造成了后来被割裂成两篇的缘故。』（见《林庚楚辞研究两种》，清华大学出版社2006年版，第147页）此说有一定道理，如果《湘夫人》和《湘君》原本是一篇，那么屈原楚辞就正好是25篇。

帝子：指湘夫人。古人称儿女均作『子』。帝子如同后来的公主。王逸《楚辞章句》考辨说：『帝子，谓尧女也。降，下也。言尧二女娥皇、女英，随舜不返，没于湘水之渚，因为湘夫人。』洪兴祖《楚辞补注》认为：『此言帝子之神，降于北渚，来享其祀也。帝子，以喻贤臣。』王船山《楚辞通释》指出：『帝子，尊贵之称；山川之神，皆天所子。』

眇（miǎo秒）眇：形容久久极目远望，望眼欲穿的样子。洪兴祖《楚辞补注》说：『眇眇，微貌。言神之降，望而不见，使我愁也。以况思贤而不得见也。』

予：屈原自称。王逸《楚辞章句》分析说：『予，屈原自谓也。言尧二女仪德美好，眇然绝异，又配帝舜，而乃没命水中，屈原自伤，不值尧、舜，而遇暗君，亦将沉身湘流，故曰愁我也。予，一作余。』《文选》五臣注：『其神仪德美好，愁我失志焉。』

嫋嫋（niǎo鸟）：微风吹动的样子。王逸《楚辞章句》注：『嫋嫋，秋风摇木貌。』

木叶下：树叶落下来的意思。王逸《楚辞章句》考辨说：『言秋风疾，则草木摇，湘水波，而树叶落矣。以言君政急则众民愁，而贤者伤矣。或曰屈原见秋风起而木叶堕，悲岁徂（cú粗，过去的意思）尽，年衰老，而知岁之将暮。又曰：桑叶落而长年悲。』

白薠（fán）：白薠草。王船山《楚辞通释》认为『薠』为『蘋』（pín贫）之误。王逸《楚辞章句》指出：『薠草，

秋生，今南方湖泽皆有之。」

骋（pǐn品）望：放眼远望。王逸《楚辞章句》注：「骋，平也。」

佳：佳人，指湘夫人。王逸《楚辞章句》认为：「佳，谓湘夫人也。不敢指斥尊者，故言佳也。」

期：约会的时间。王逸《楚辞章句》分析说：「言己愿以此夕修设祭具，夕早洒扫，张施帷帐，与夫人期歆享也。」

夕张：已经做好晚上迎接的准备。张，张罗。

萃：汇集、聚集。

蘋：水草。

罾（zēng增）：捕鱼的网。王逸《楚辞章句》说：「罾，鱼网也。夫鸟当集木巅，而言草中，罾当在水中，而言木上，以喻所愿不得，失其所也。」

木上：挂在树梢上。

茝：同「芷」，即白芷。

公子：这里指湘夫人。王逸《楚辞章句》考辨说：「公子，谓湘夫人也。重以卑以言尊，故变言公子也。言己想若舜之遇二女，二女虽死，犹思其神，所以不敢达言者，士当须介，女当须媒也。」《文选》五臣注：「谓夫人喻君也。未感言者，欲待贤主。诸侯之子，称公子。谓子椒、子兰也。思椒、兰，亿有兰、芷之芬芳。未敢言者，恐逢彼之怒耳。此原陈己志于湘夫人也。」

荒忽：同「恍惚」，形容神志不清、精神不集中或（看得、听得、记得）不真切、不清楚。王逸《楚辞章句》曰：「言鬼神荒忽，往来无形，近而视之，仿佛若存，远而望之，但见水流而潺湲也。」







潺湲：指水缓慢流动。

麋（mí迷）：即「麋鹿」。王逸《楚辞章句》注：「麋，兽名，似鹿也。」

水裔（yì意）：水边。王逸《楚辞章句》分析说：「麋当在山林，而在庭中。蛟当在深渊，而在水涯，以言小人宜在山野，而升朝廷，贤者当为尊官，而为仆隶也。」洪兴祖《楚辞补注》说：「裔，边也，末也。蛟在水裔，犹所谓神龙失水而陆居也。」

皋：水边的高地。

济：渡水，渡江。

澨（shì世）：江边，岸边的意思。

佳人：这里指湘夫人。汪瑗《楚辞集解》考辨说：「湘君亦谓之佳人也，佳者，赞美之通称，如佳士、佳宾，不独美女谓之佳人也。」陈本礼《楚辞精义》认为：「尊之曰帝子，亲之曰公子，美之曰佳人。」可备一说。

召予：召唤我。

偕逝：偕，同「乐」。逝，去。王逸《楚辞章句》考辨说：「偕，俱也。逝，往也。屈原幽居草泽，思神念鬼，冀湘夫人有命召呼，则愿命驾腾驰而往，不待侣偶也。」《文选》五臣注：「冀闻夫人召我，将腾驰车马，与使者俱往，喻有君命亦将然矣。」

葺（qì弃）：用茅草盖屋顶，泛指盖屋顶。

荷盖：用荷叶盖在屋顶上。

荪（sūn孙）壁：用荪草装饰墙壁。

紫坛：用紫贝铺砌庭院。

匊：同『播』，散播。

成：同『盛』，涂饰的意思。

栋：栋梁。

橑（liáo聊）：盖房子用的椽（chuán船）子。

辛夷：香木名。

楣（méi眉）：门楣，门上的横木，指门框。

药：香草，即白芷。

房：卧房。

罔：同『网』，编织的意思。

擗（pǐ匹）蕙櫋（mián棉）：用香木做的屏风。擗，同『劈』，这里是做的意思。蕙，泛指香木。櫋屋檐板，这里指屏风。

既张：指屏风已经安放好。

镇：压坐席的器具。





疏：分散陈列、摆设的意思。

芷葺：用芷草加盖在……上。

缭（liáo聊）之：香草围绕着房子生长。

实：充满的意思。

庑（wǔ五）门：走廊。王逸《楚辞章句》指出：『馨芳之远闻者，积之以为门庑也。屈原生逢浊世，忧愁困极，意欲随从鬼神，筑室水中，与湘夫人比邻而处，然犹积聚众芳以为殿堂，修饰弥盛，行善弥高也。』

九嶷：指九嶷山上的众神。

缤：纷纷的意思。

灵：指众神。湘君幻想众神都来了，独不见湘夫人。

袂（mèi妹）：衣袖。这里指外衣。

褋（dié叠）：内单衣，即内衣。

汀洲：水中的平地，沙洲。

骤得：多得。

**译文**

湘夫人降临在北洲上，

看不见她啊，我望眼欲穿。

秋风袅袅啊，

洞庭湖起波涛，木叶纷纷凋落。
我登上了蘋岛啊，纵目远望，
与佳人约会啊，晚宴已经准备停当。
水鸟为什么要聚宿在蘋草中啊？
鱼网为什么要挂在树梢上？
沅水有白芷啊，澧水有兰花，
我想念湘夫人啊，又不敢表白。
我精神恍惚啊远望前方，
麋鹿为什么要觅食到洞庭？
蛟龙为什么要遨游到湘水？
早上我驰马在大江边上，
傍晚我摆渡到西岸。
欣闻湘夫人要召见我啊，
我打算与驾车人一同前往。
湘夫人的宫室建筑在水中央，
用荷叶盖着屋顶。







用荪草装饰墙壁啊，用紫贝来铺庭院，
散播香椒在整个厅堂。
用木兰做屋缘啊，用桂木做房梁，
用辛夷做门框啊，用白芷做卧房。
编结薜荔做帷幔啊，
卷结蕙草做帘帐。
白玉啊，用做压席的镇子，
分开陈设石兰啊，香气芬芳。
荷叶屋啊再盖上一层香芷，
香草杜衡绕着屋子生长。
集合各种香草充实庭院啊，
陈列香花在大门走廊旁。
九嶷山上的众神纷纷前来迎候，
百神到来随从如云。
我把夹袄捐给大江，
我把单衫赠与澧水滨。

采摘水洲上的杜若香草啊，
打算赠给远来的美人儿。
美好的时光难再来啊，
我姑且逍遥漫步在江边。

## 大司命

广开兮天门，纷吾乘兮玄云。
令飘风兮先驱，使涷雨兮灑尘。
君迴翔兮以下，逾空桑兮从女。
纷总总兮九州，何寿夭兮在予！
高飞兮安翔，乘清气兮御阴阳。
吾与君兮斋速，导帝之兮九坑。
灵衣兮被被，玉佩兮陆离。
壹阴兮壹阳，众莫知兮余所为。
折疏麻兮瑶华，将以遗兮离居。
老冉冉兮既极，不寖近兮愈疏。





乘龙兮辚辚，高驼兮冲天。
结桂枝兮延伫，羌愈思兮愁人。
愁人兮奈何！原若今兮无亏。
固人命兮有当，孰离合兮可为？

**注释**

大司命：神话传说中掌管人类寿夭生死的神。本篇乐歌由巫男巫女分别饰演大司命和迎神巫女对唱。大司命与少司命均为天上的星宿。洪兴祖《楚辞补注》考辨说：「《周礼·大宗伯》：以槱燎祀司中、司命。疏引《星传》云：三台，上台司命，为太尉。又文昌宫第四曰司命。按《史记·天官书》：文昌六星，四曰司命。《晋书·天文志》：三台六星，两两而居，西近文昌二星，曰上台，为司命，主寿。然则有两司命也。《祭法》：王立七祀，诸侯立五祀，皆有司命。疏云：司命，宫中小神。而《汉书·郊祀志》：荆巫有司命。说者曰：文昌，第四星也。」《文选》五臣注：「司命，星名。主知生死，辅天行化，诛恶护善也。」此说极是。

天门：洪兴祖《楚辞补注》考辨说：「《汉乐歌》云：天门开，詄荡荡。《淮南子》注云：天门，上帝所居紫微宫门。」王船山《楚辞通释》指出：「神所自降，言大司命在天来降于祠宫也。」

纷：浓密的样子。

吾：这里指大司命。

玄云：乌云。

飘风：旋风。

先驱：前面开路的人。汪瑗《楚辞集解》认为：『先驱，犹前导也，亦使之扫除氛埃之意。』

涷（dōng东）雨：暴雨。王逸《楚辞章句》分析说：『暴雨为涷雨。言司命爵位尊高，出则风伯、雨师先驱，为轼路也。』

洒尘：冲洗空中的尘埃。

君：迎神巫女对大司命的尊称。

迴翔：盘旋。迴，同『回』，运行。

下：降临。王逸《楚辞章句》认为：『言司命行有节度，虽乘风雨，然徐回运而来下也。』

逾：越过。

空桑：神话中的山名。王逸《楚辞章句》说：『空桑，山名，司命所经。屈原修履忠贞之行，而身放弃，将诉神明，陈己之冤结，故欲逾空桑之山，而要司命也。』洪兴祖《楚辞补注》考辨说：『《山海经》云：东曰空桑之山。注云：此山出琴瑟材。《周礼》「空桑之琴瑟」是也。《淮南》曰：舜之时，共工振滔洪水以薄空桑。注云：空桑，地名，在鲁也。』

女：通『汝』，指大司命。

纷总总：盛多的意思。这里指人的众多，即所谓芸芸众生。

九州：泛指天下。洪兴祖《楚辞补注》指出：『尧时九州，见《禹贡》。商九州，见《尔雅》。周九州，见《周礼》。邹衍云：赤县神州内自有九州：东南神州曰农土，正南次州曰沃土，西南戎州曰滔土，正南弇（yǎn奄，覆盖、遮蔽的意思）州曰并土，正中冀州曰中土，西北台州曰肥土，正北济州曰成土，东北薄州曰隐土，正东阳州曰申土。』



寿夭：生死。寿，长寿。夭，短命。

在予：由我主宰。王逸《楚辞章句》说：『言普天之下，九州之民，诚慎众多，其寿考夭折，皆自施行所致。天诛加之，不在于我也。』洪兴祖《楚辞补注》指出：『此言九州之大，生民之众，或寿或夭，何以皆在于我也。以我为司命故也。言人君制生杀予夺之命。』朱熹《楚辞集注》说：『言见神既降，而遂往从之，因叹其权威之盛曰：「九州人民之众如此，何其寿夭之命皆在于己也！」』他以为这是大司命自叹：『天下人们的寿夭何以都掌握在我手中呢？』

御阴阳：指在天地间飞行。王逸《楚辞章句》认为：『阴主杀，阳主生。言司命常乘天清明之气，御持万民死生之命也。』

斋速：同步，齐速。此句的意思是我愿意跟随您，亦步亦趋。洪兴祖《楚辞补注》云：『斋速者，斋戒以自敕也。』

帝：有的解作是帝神，有的解作玉帝灵威。就上下文理解，帝应指大司命，是对大司命的尊称。金开诚等《楚辞集注校》认为：『帝，指大司命。』汤炳正《楚辞今注》指出：『此篇所迎祭者为大司命，而非上帝。』此说极是。

九坑：九州之山，用来代表九州。本句的意思是我带您游遍九州。历代注家对『九坑』的理解不一。王逸、洪兴祖认为九坑为九州之山；汪瑗、王船山认为是天下九州；蒋骥认为九坑是楚国的九冈山。各家之说可备参考。

灵衣：我身上的衣服。

被被：同『披披』，被风吹动的样子。

陆离：光彩闪烁。

一阴一阳：古代神话中神灵可时隐时现，若有若无，神秘莫测。阴，隐。阳，现。朱熹《楚辞集注》说：『言其变化循环，无有穷已也。』王船山《楚辞通释》认为：『状神之容，在若有若无之间。』

众：民众、生民百姓。汪瑗《楚辞集解》云：「指九州总总之人民。」

疏麻：即芝麻。芝麻梗粗，故曰疏。也有人将「疏麻」解作「神麻」。闻一多《九歌解诂》考辨说：「神升声近，疑神麻即升麻。《本草》「升麻」产于溪间阴地，以蜀中出者为胜。茎高二三尺，夏开白花，根紫黑色，多须，可入药。」升麻白花与瑶华白色正合。葛立方《韵语阳秋》引作疏，骆宾王《思家诗》「离恨折疏麻」。盖疏麻是隐语，借草名中的疏字以暗示即将分散之意。」

瑶华：美玉般的白花。

离居：隐者。王逸《楚辞章句》分析说：「离居，谓隐者也。言己虽出阴入阳，涉历殊方，犹思离居隐士，将折神麻，采玉华，以遗与之。明己行度如玉，不以苦乐易其志也。」

老：衰老。汪瑗《楚辞集解》指出：「叹老以动之，其欲亲近之意亦至矣。」

冉冉：渐渐。

寖：同「浸」，渐渐地。

愈疏：更加疏远。蒋骥《山带阁注楚辞》认为：「神以巡览而至，知其不可久留，故自言折此麻华，将以备别后之遗，以其年既老，不及时与神相近，恐死期将至，而益以疏阔也。」

辚辚：车行走的声音。王逸《楚辞章句》说：「言己虽见疏远，执志弥坚，想乘神龙，辚辚然有节度，抗志高行，冲天而驱，不以贫困有枉挠也。」

驼：同「驰」，飞驰。







结：采摘、编结。

羌：楚地方言，句首发语词。

延伫：徘徊盼顾。

无亏：指身体健康无损。王逸《楚辞章句》认为：「亏，歇也。言己愁思，安可奈何乎。愿身行善，常若于今，无有歇也。」朱熹《楚辞集注》说：「无亏，保守志行，无亏损也。」

有当：有常、有定数。

离合：悲欢离合。蒋骥《山带阁注楚辞》指出：「人命至大而神无主之，其尊甚矣，其离与合，人孰敢参与其间哉！」

可为：岂能由人。王逸《楚辞章句》分析说：「言人受命而生，有当贵贱贫富者，是天禄也。己独放逐离别，不复会合，不可为思也。」洪兴祖《楚辞补注》进一步指出：「君子之仕也，去就有义，用舍有命。屈子于同姓事君之义尽矣。其不见用，则有命焉。或离或合，神实司之，非人所能为也。」

**译文**

快让天门打开啊，
我要乘着浓密的乌云启程。
命令旋风啊，作开路先锋，
差使暴雨啊，快清除路上的飞尘。
大司命旋飞着从天上下来，
我越过空桑山啊，紧随着您。

九州中林林总总的人群啊，
为什么生死全由您掌控？
高高地腾飞啊，缓缓地翱翔，
乘驾着清气啊，控制着阴阳之命
我与您啊，一同去恭迎天帝，
引导天帝前往九州的山冈巡视。
云衣披上轻飘飘啊，
玉佩戴着多么光芒闪闪。
一阴又一阳啊，
众人都不知道我的作为。
折一枝疏麻花啊，花儿多么清香。
我打算拿去赠给大司命。
衰老的日子啊，渐渐来到，
不去亲近啊，感情就会疏远。
乘着龙车啊，车声隆隆响，
向着高空奔驰啊，直冲云霄上。

我编结好桂枝送客人啊，长久伫立，
越是想念啊，越是愁杀人！
愁杀人啊，又有什么用，
愿像今天这样啊，身体健康无损，
本来人的命运各有安排啊，
谁的悲欢离合可以自由改变。

## 少司命

秋兰兮麋芜，罗生兮堂下。
绿叶兮素枝，芳菲菲兮袭予。
夫人自有兮美子，荪何以兮愁苦？
秋兰兮青青，绿叶兮紫茎。
满堂兮美人，忽独与余兮目成。
入不言兮出不辞，乘回风兮载云旗。
悲莫悲兮生别离，乐莫乐兮新相知。
荷衣兮蕙带，儵而来兮忽而逝。

夕宿兮帝郊，君谁须兮云之际？
与女游兮九河，冲风至兮水扬波。
与女沐兮咸池，晞女发兮阳之阿。
望美人兮未来，临风怳兮浩歌。
孔盖兮翠旌，登九天兮抚彗星。
竦长剑兮拥幼艾，荪独宜兮为民正。

**注释**

少司命：传说是主持人间子嗣生育和幼儿命运的女神。本篇是巫的独唱，它塑造了一个美貌善良、手持长剑护佑幼童的栩栩如生的女神形象，表达了人神友善的真挚情感。

秋兰、麋芜：皆为香草名。汪瑗《楚辞集解》注：『兰芳于秋者曰秋兰。』

罗：罗列的意思。王逸《楚辞章句》分析说：『言己贡堂之室，空闲清净，众香之草，又环于堂下，罗列而生。诚司命君所宜幸集也。』

素枝：即素华，雪白的花。

袭予：形容芳香之气袭人的样子。王逸《楚辞章句》认为：『言芳草茂盛，吐叶垂华，芳香菲菲，上及我也。』

夫：句首发语词。

人：人们。

美子：美好的儿女。

荪：香草名，即溪荪，俗称石菖蒲。这里借指少司命，是表示对少司命的尊敬和热爱。

青青：同『菁菁』，茂盛的样子。王逸《楚辞章句》指出：『言己事神崇敬，重种芳草，茎叶五色，芳香益畅也。』



洪兴祖《楚辞补注》考辨说：『《诗》云：绿竹青青。青青，茂盛也』。

美人：即参加祭祀的女人。王逸《楚辞章句》认为：『言万民众多，美人并会，盈满于堂，而司命独与我睨而相视，成为亲亲也。』《文选》五臣注：『满堂，喻天下也。谓天下亦有善人，而司命独与我相目结成亲亲者，为我修道德尔，谓初与己善时也。』

目成：眉目传情的意思。王船山《楚辞通释》指出：『目成，以目睇视而情定也。』

入：来的意思。

出：走、离去的意思。王逸《楚辞章句》分析说：『言神往来奄忽，入不语言，出不诀辞，其志难知。』

回风：旋风。

载云旗：驾云（回天庭）。王逸《楚辞章句》说：『言司命之去，乘风载云，其形貌不可得见。』《文选》五臣注：『司命初与己善，后乃往来飘忽，出入不言不辞，乘风载云，以离于我，喻君之心与我相背也。』

莫悲：没有比……更悲的。王逸《楚辞章句》分析说：『屈原思神略毕，忧愁复出，乃长叹曰：人居世间，悲哀莫痛与妻子生别离，伤己当之也。』

莫乐：没有比……更乐的。王逸《楚辞章句》指出：『言天下之乐，莫大于男女始相知之时。屈原言己无新相知之乐，而有生别离之忧也。』《文选》五臣注：『喻己初近君而乐，后去君而悲也。』

儵（shū书）：忽，极快地。王逸《楚辞章句》说：「言司命被服香净，往来奄忽，难当值也。」《文选》五臣注：「言神倏忽往来，终不可逢，以喻君。」

帝郊：天帝宫廷的附近。

谁须：是动宾倒装的用法，等待谁的意思。王逸《楚辞章句》认为：「言司命之去，暮宿于天帝之郊，谁待于云之际乎？幸其有意而顾己。」《文选》五臣注：「须，待也。冀君犹待己而命之。」

咸池：神话传说中的天池。

晞（xī希）：晒干。

阳之阿：神话传说中日出的旸谷。王逸《楚辞章句》考辨说：「《诗》曰：匪阳不晞。阿，曲隅，日所行也。言己愿托司命，俱休咸池，干发阳阿，斋戒洁己，冀蒙天佑也。」《文选》五臣注：「愿与司命共为清洁，喻己与君俱行政教，以治于国。」洪兴祖《楚辞补注》指出：「《淮南》曰：日出汤谷，浴于咸池，拂于扶桑，是谓晨明；登于扶桑，是谓月出明；至于曲阿，是谓旦明。」

怳：（因失意）而神情恍惚。

美人：指少司命。

浩歌：高歌。王逸《楚辞章句》说：「言己思望司命，而未肯来，临疾风而大歌，冀神闻之而来至也。」《文选》五臣注：「以喻望君之使未至，临风恍然而大歌也。」

孔盖：孔雀羽毛装饰的车盖。



翠旌：用翠鸟的羽毛做旗上的旌饰。

抚：降服。王逸《楚辞章句》分析说：「言司命乃升九天之上，抚持彗星，欲扫除邪恶，辅仁贤也。」《文选》五臣注：「飞登于天，抚扫彗星，言愿将忠正美行还于君前，翦逸贼也。」

彗星：俗称扫帚星，传说是危害人类的灾星。

竦（sǒng耸）：高高举起。

拥：保护。

幼艾：幼儿。王船山《楚辞通释》注：「拥，卫也。幼艾，婴儿也。竦长剑以护婴儿，使人宜子，所以司人之生命也。」

独宜：只有你最适宜。

民正：民，人民、百姓的意思。正，政也。本句的意思是只有你最适宜主宰人类的命运。王逸《楚辞章句》指出：「言司命执心公方，无所阿私，善者佑之，恶者诛之，故宜为万民之平正也。」

**译文**

秋兰花啊蘼芜花，
生长在厅堂下。
绿色的叶啊雪白的花，
香气阵阵飘进我的心怀。
人人心中都有美人啊，
何必要自寻愁苦？

秋兰花啊，生长得多茂盛，
绿色的叶啊，紫色的茎。
满屋的美人啊，
怎么忽然唯独相中我？！
你来不说话啊，去不做声。
乘坐旋风啊，云旗飘飘。
悲伤莫过于生离别啊，
快乐莫过于新相知。
你穿着荷叶衣啊，佩戴着蕙草带，
忽然而来啊，又忽然而去。
晚上歇宿在天帝之郊啊，
在白云丛中你把谁来等待？
与你洗着头发啊，那是在天池里，
你把秀发晒干啊，那是在日出之阳阿地。
望着美人少司命啊，却不见到来。
迎着风恍恍惚惚啊，只有放声高歌。
孔雀毛做的车盖啊，翠鸟羽毛做的旌旗。
你登上九天把彗星降服。
握着长剑啊，把人间的孩子拯救，
只有你才配当民众的领袖！







## 东君

暾将出兮东方，照吾槛兮扶桑。
抚余马兮安驱，夜皎皎兮既明。
驾龙辀兮乘雷，载云旗兮委蛇。
长太息兮将上，心低徊兮顾怀。
羌声色兮娱人，观者憺兮忘归。
緪瑟兮交鼓，箫钟兮瑶簴。
鸣篪兮吹竽，思灵保兮贤姱。
翾飞兮翠曾，展诗兮会舞。
应律兮合节，灵之来兮蔽日。
青云衣兮白霓裳，举长矢兮射天狼。

**操余弧兮反沦降，援北斗兮酌桂浆。**
**撰余辔兮高驼翔，杳冥冥兮以东行。**

注释 东君：即太阳神。这是一首祭祀和礼赞太阳神的颂歌。洪兴祖《楚辞补注》考辨说：『《博雅》曰：朱明、耀灵、东君，日也。《汉书·郊祀志》有东君。』可见，东君就是太阳（日），也叫朱明、耀灵。太阳是光明的象征，讴歌太阳神就是为了追求光明，走出黑暗。屈原希望自己的祖国楚国能够出现光明的政治（美政），摆脱小人当权的黑暗，早日强大起来。

暾（tūn 吞）：温和明盛的样子。这里用来形容初升的太阳。王逸《楚辞章句》指出：『谓日始出东方，其容暾暾而盛大也。』

吾：指太阳。

扶桑：神话传说中生长在日出地的神树。王逸《楚辞章句》考辨说：『言东方有扶桑之木，其高万仞，日出，下浴于汤谷，上拂其扶桑，爰始而登，照耀四方，日以扶桑为舍槛，故曰照吾槛兮扶桑。』

安驱：从容前进。洪兴祖《楚辞补注》考辨说：『《淮南》曰：日至悲泉，爰止其女，爰息其马，是谓悬车。车，日所乘也。马，驾车者也。御之者，羲和也。女，即羲和。马，即六龙。』

皎皎：同『晈晈』，指天色明亮。本句的意思是黑夜已经过去，天已经明亮。王逸《楚辞章句》曰：『言日既升天，运转而西，将过太阴，徐抚其马，安驱而行。虽幽昧之夜，犹皎皎而自明也。』洪兴祖《楚辞补注》说：『此言日之将出，羲和御之，安驱徐行，使幽昧之夜，皎皎而自明也。』



辀：车辕，这里代指车辆。

乘雷：雷古文写作畾，字形像车轮。这里指以雷为车轮，所以说乘雷。洪兴祖《楚辞补注》考辨说：『震，东方也，为雷，为龙。日出东方，故曰驾龙乘雷。《春秋命历序》曰：皇伯灯扶桑，日之阳，驾六龙以上下。《淮南》曰：雷以为车轮。注云：雷，转气也。』朱熹《楚辞集注》认为：『雷气转轮，故以为车轮。』

载云旗：形容太阳神周围有很多彩云。

委蛇（wēi yí 威仪）：即逶迤。形容云彩浮动变换的样子。王逸《楚辞章句》说：『言日以龙为车辕，乘雷而行，以云为旌旗，委蛇而长。』

上：升天。

低徊：流连、依依不舍的样子。

顾怀：眷恋。王船山《楚辞通释》注：『日出委蛇之容，乍升乍降，摇曳再三，若有太息低徊顾怀之状。』

羌：发语助词。

声色：指祭神的人载歌载舞。

憺（dàn）：安的意思，这里形容心情泰然。王逸《楚辞章句》指出：『憺，安也。言日色光明，旦耀四方，人观见之，莫不娱乐，憺然意安，而忘归也。』洪兴祖《楚辞补注》说：『东方既明，万类皆作，有声者以声闻，有色者以色见，耳目之娱，各自适焉。以喻人君有明德，则百姓皆注其耳目也。』

緪（gēng 耕）：把弦绷紧。王逸《楚辞章句》曰：『緪，急张弦也。』

瑟：弹拨琴瑟。

交：对击。

箫钟：敲钟，用力撞钟。

瑶簴（jù 俱）：悬钟的木架摇动。瑶，同「摇」。簴，同「虡」，悬钟的木架。

篪（chí 持）：管乐名。似今之笛子。1978年湖北省随县发掘的曾侯之墓，发现了两支篪，有七个孔，五个指孔，一个吹孔，一个出音孔。

灵保：神巫，祭祀时扮神的巫，这里指扮演东君的主巫。

贤姱（kuā 夸）：温柔而美好。

翾（xuān 宣）：轻盈飞舞的样子。朱熹《楚辞集注》认为：「翾，小飞轻扬之貌。」

翠：同「踤」（cù 醋），本指脚尖踏地，这里指舞步急促。

曾：飞起，展翅。

诗：舞蹈词曲。

会舞：指众巫合舞。

灵：指众神。本句的意思是东君降临，有众多的神随从而至。

青云衣：以青云作上衣。青云，即青天。

白霓（ní 尼）裳：以白霓为裤子。霓，虹。





天狼：星名，是大犬星座中最亮的一颗星。古代传说中它是专造灾祸的恶星。王逸《楚辞章句》分析说：「天狼，星名，以喻贪残。日为王者，王者受命，必诛贪残，故曰举长矢，射天狼，言君当诛恶也。」

弧：古代指弓，这里指弧矢星。蒋骥《山带阁注楚辞》认为：「弧矢九星，在狼东南，天弓也。」从星图上看，弧矢星位于天狼星的东南，它由九颗星组成，形状像弓，所以称弧矢。

反：同「返」。

沦降：指太阳向西降落。

援（yuán 圆）：举起。

北斗：即北斗七星，属大熊星座。

桂浆：桂花酿的酒。本句的意思是举起北斗，畅饮桂花酒。

撰（zhuàn 转）：把持、控制的意思。

杳：幽深的意思。

冥：黑暗，本句的意思是在茫茫的夜空中（我又）赶回东方。古人认为太阳白天西行，夜里又要在大地背后赶回东方。

**译文**

初升的太阳将要出来啊——出现在东方，
第一缕阳光照到我家门前的扶桑上。
我按住了马儿啊，慢行别摇摇晃晃，
夜色多么皎洁啊，把夜空照得明明亮亮。

驾着龙辕车啊，车响如雷，
车上的云旗随风舒卷自如。
我长叹一声啊，腾空飞在天空上，
我的心眷恋着大地啊，不断回头瞻望。
人间的歌舞声色啊，多么娱乐欢快，
令那些观众快乐得流连忘返。
弹着瑟啊，击着鼓，
敲击钟声响啊，撞得木架摇。
吹响了笛子啊，又吹响了竽笙，
想起了巫女的美好和贤淑。
舞姿轻盈啊，就像翠鸟，
齐声歌唱啊，大家一起共舞。
应着旋律啊，合着拍子，
东君来临了啊，众神齐迎遮住了太阳的光辉。
青云为衣啊，白霓为裳，
举起长箭啊，射杀天狼。
我挽起弓箭啊，转身往下降，
端起北斗盛来桂花美酒。
抓紧我的马缰啊，高高飞翔，
在微光闪烁的夜空中向东前进。





## 河伯

与女游兮九河，冲风起兮横波。
乘水车兮荷盖，驾两龙兮骖螭。
登昆仑兮四望，心飞扬兮浩荡。
日将暮兮怅忘归，惟极浦兮寤怀。
鱼鳞屋兮龙堂，紫贝阙兮珠宫。
灵何为兮水中？乘白鼋兮逐文鱼，
与女游兮河之渚，流澌纷兮将来下。
子交手兮东行，送美人兮南浦。
波滔滔兮来迎，鱼隣隣兮媵予。

**注释**

河伯：传说是黄河之神，名叫冯夷或冯迟，其妻为洛水女神，皆为水神。本篇是祭祀河、洛之神的诗歌，表达了人们渴望与河伯建立友情并祈望河伯保佑沿岸五谷丰登，人们免受水患的美好愿望，同时也赞美了河、洛的爱情，反映了人们对幸福的追求和美好生活向往的愿望。洪兴祖《楚辞补注》考辨说：『《山海经》曰：中极之渊，深三百仞，唯冰夷都焉。冰夷，人面而乘龙。《穆天子传》云：天子西征，至于阳纡之山，河伯、无夷之所都居。冰夷、无夷，即冯夷也。《淮南》又作冯迟。《抱朴子·释鬼篇》曰：冯夷以八月上庚日渡河溺死，天帝署为河伯。《清泠传》曰：冯夷，华阴潼乡堤首人也。服八石，得水仙，是为河伯。《博物志》云：昔夏禹观河，见长人鱼身出曰：吾河精。岂河伯也？冯夷得道成仙，化为河伯，道岂同哉？』可备一说。

女：通『汝』，指河伯。王逸《楚辞章句》指出：『河为四渎长，其位视大夫。屈原亦楚大夫，欲以官相友，故言女也。』

九河：指黄河。古代有黄河九曲之说，故称九河。

冲风：狂风、暴风。《文选》五臣注：『冲风，暴风也。』王逸《楚辞章句》认为：『冲，隧也。屈原设意与河伯为友，俱游九河之中，想蒙神佑，反遇隧风，大波涌起，所托无所也。』

横波：一作杨波，都是说黄河掀起汹涌的波涛。

水车：在水上走的车，即船。

荷盖：用荷叶做车盖。

骖螭（cān chī 餐吃）：古人用四马驾车，中间的两匹叫『服』，两边的两匹叫『骖』。螭，神话中的五角龙。本句的意思是两龙驾御在中两螭在旁。

昆仑：古人认为昆仑山是黄河的发源地。洪兴祖《楚辞补注》考辨说：『《援神契》云：河者，水之伯。上应天河。



《山海经》云：昆仑山有青河、白河、赤河、黑河，环其墟。其白水出其东北陬，屈向东南流，为中国河。《尔雅》曰：河出昆仑墟，色白，所渠并千七百一川。色黄，百里一小曲，千里一曲直。《淮南》曰：河出昆仑，贯渤海，入禹所导积石山也。』

浩荡：比喻心胸开阔。王逸《楚辞章句》说：『浩荡，志放貌。言己设与河伯俱游西北，登昆仑万里之山，周望四方，心意飞扬，志欲升天，思念浩荡，而无所据也。』

怅：惆怅。

惟：发语助词。

极浦：遥远的水滨。

寤（wù 误）怀：怀念。寤，同『悟』。

鱼鳞屋：住的是鱼鳞盖的屋。王逸《楚辞章句》认为：『言河伯所居，以鱼鳞盖屋，堂画蛟龙之文，紫贝作阙，朱丹其宫，形容异制，甚鲜好也。《文苑》作珠宫。』

龙堂：龙鳞装饰的殿堂。

紫贝：用紫色贝壳装饰。

阙（què 却）：宫室的门楼，这里指楼阁。

珠宫：用珍珠装饰的宫廷（卧房）。

灵：你，指河伯。

水中：住在水中。

鼋（yuán 圆）：元鱼，一种大鳖。白鼋和文鱼都是传说中的神异水族。

流澌（sī 思）：即流水。本句的意思是河水伴随着我们纷纷流淌。

子：您，指河伯。

交手：携手。王逸《楚辞章句》分析说：「言屈原与河伯别，子宜东行，还于九河之居，我亦欲归也。」

美人：屈原自称。

南浦：南边的水滨。王逸《楚辞章句》指出：「愿河伯送已南至江之涯，归楚国也。」

隣隣：同「邻邻」，形容鱼很多。

媵（yìng 应）：陪伴、跟随。王逸《楚辞章句》说：「言江神闻己将归，亦使波流滔滔来迎，河伯遣鱼鳞鳞侍从，而送我也。」洪兴祖《楚辞补注》说：「屈原托江海之神送己者，言时人遇己之不然也。」

**译文**

与你一起同游啊——同游在九河，

狂风猛吹啊，洪波涌起。

乘坐的水车啊，以荷叶为盖，

两条有角龙驾在中间啊，两条无角龙驾在两旁。

登上昆仑山啊，眺望四方，

心绪飞扬啊，胸襟浩荡。







日色将晚啊，我怅然忘归，

只想到渡口之遥啊，我思念不已。

鱼鳞瓦屋啊，是用龙甲筑成的厅堂，

紫贝水城啊，是用珍珠装饰的宫殿。

河伯为什么啊——为什么居住在水城的中央。

乘着大白鼋啊去追逐文鱼儿，

我与你一起同游啊，游在了河中的沙洲上。

解冻的冰块啊，纷纷往下冲来。

你我携手啊一起向东前进，

送别美人啊来到南浦之上。

波浪滔滔啊前来迎接，

鱼儿一队一队排着啊，作伴随航。

## 山鬼

**若有人兮山之阿，被薜荔兮带女罗。**

**既含睇兮又宜笑，子慕予兮善窈窕。**

乘赤豹兮从文狸，辛夷车兮结桂旗。
被石兰兮带杜衡，折芳馨兮遗所思。
余处幽篁兮终不见天，路险难兮独后来。
表独立兮山之上，云容容兮而在下。
杳冥冥兮羌昼晦，东风飘兮神灵雨。
留灵修兮憺忘归，岁既晏兮孰华予？
采三秀兮于山间，石磊磊兮葛蔓蔓。
怨公子兮怅忘归，君思我兮不得閒。
山中人兮芳杜若，饮石泉兮阴松柏，君思我兮然疑作。
靁填填兮雨冥冥，猨啾啾兮狖夜鸣。
风飒飒兮木萧萧，思公子兮徒离忧。

**注释**

山鬼：即传说中的山神。可能不是正神，所以称鬼。这首诗刻画了一位窈窕贤淑、多情善感的巫山神女的形象。全诗由女巫扮山鬼独唱。

若有人：好像有人，形容山鬼若隐若现（因为山鬼非人）。

山之阿：山的弯曲处、山凹里。阿，曲隅。

被：披。







薜荔：常绿灌木。

女罗：即女萝，蔓生植物。王逸《楚辞章句》分析说：「女罗，兔丝也。言山鬼仿佛若人，见于山之阿，被薜荔之衣，以兔丝为带也。薜荔、兔丝，皆无根，缘物而生。山鬼亦暧忽无形，故衣之以为饰也。」

含睇（dì帝）：含情脉脉地顾盼。睇，微微斜视。

宜笑：甜甜微笑。王逸《楚辞章句》认为：「言山鬼之状，体含妙容，美目盼然，又好口齿，而宜笑也。」《文选》五臣注：「山鬼美貌，既宜含视，又宜发笑。」

子：与下文的「公子」、「灵修」、「君」都是指山鬼所思念的人。

善：美丽。

窈窕：形容女子文静而美好。

从：跟随。

文狸：皮毛呈花纹状的一种小动物。文，同「纹」。

辛夷车：用辛夷木做的车。

结桂旗：车上插着桂枝编的旗帜。王逸《楚辞章句》指出：「言山鬼出入，乘赤豹，从文狸，结桂与辛夷以为车旗，言其香洁也。」

被：身披。

石兰：香花名。

带杜衡：以香草杜衡做系带。

芳馨：香花。

遗：送、赠送。

所思：所思念的人。王逸《楚辞章句》指出：『所思，谓清洁之士，若屈原者也。言山鬼修饰众香，以崇其善。屈原履行清洁，以厉其身。神人同好，故折芳馨相遗，以同其志也。』《文选》五臣注：『所思，谓君也。喻己被带忠信，又以嘉言而纳喻君也。』

幽篁（huáng黄）：竹林深处。幽，幽深。篁，竹丛。王逸《楚辞章句》说：『言山鬼所处，乃在幽篁之内，终不见天地，所以来出归有德也。或曰：幽篁，竹林也。』《文选》五臣注：『幽，深也。篁，竹丛也。』

独：我。

后来：迟到。王逸《楚辞章句》认为：『言所处既深，其路险阻又难，故来晚暮，后诸神也。』《文选》五臣注：『言己处江山竹丛之间，上不见天，道路险阻，故与神游，独有诸神之后，喻己不得见君。谗邪填塞，难以前进，所以索居于此。』

表：凸出。

山之上：山顶上。

容容：同『溶溶』，形容云像流水般慢慢浮过。

杳冥冥：形容深山幽冥。





羌：句首发语词，楚地方言。

飘：吹的意思。

神灵雨：女神指挥下雨。本句的意思是说深山风雨无常，气候变化多端。

留灵修：为灵修而留。灵修，山鬼的恋人，这里借指楚怀王。这句诗的意思是我痴情地等待你而忘记了回归。

岁：年岁。

晏：晚，老了。蒋骥《山带阁注楚辞》认为：『言老之将至也。』

华予：说我美丽。王逸《楚辞章句》说：『言己留宿怀王，冀其还己，心中憺然，安而忘归，年岁晚暮，将欲罢老，谁复当令我容华也。』《文选》五臣注：『言君若能除去谗邪，我则可进，留止于君所，不然则岁晏衰老，孰能容华我乎？此言当及年德盛壮之时，留于君所。日月逝矣，孰能使衰老之人复荣华乎？自此以下，屈原陈己志于山鬼也。』

三秀：即灵芝草。秀，开花的意思。传说灵芝草一年开三次花，所以叫三秀。

于（wū巫）山：即巫山。郭沫若《屈原赋今译》指出：『于山即巫山。凡《楚辞》兮字每具有于字作用，如于山非巫山，则于字为累赘。』

葛：葛藤。

怅忘归：使我惆怅忘归。王逸《楚辞章句》说：『言己所以怨公子椒者，以其知己忠信，而不肯达，故我怅然失志而忘归也。』

不得閒：没有空闲。閒，同『闲』。王逸《楚辞章句》分析说：『言怀王时思念我，顾不肯以闲暇之日，召己谋议也。』

《文选》五臣注：『君纵相思，为小人在侧，亦无暇召我也。』

山中人：山鬼自称。

芳杜若：芳洁如杜若。

阴松柏：住在松柏树下。阴，一作『荫』。王逸《楚辞章句》认为：『言己虽在山中无人之处，犹取杜若以为芬芳，饮石泉之水，荫松柏之木，饮食居处，动以香洁自修饰也。』《文选》五臣注：『饮清洁之水，荫贞实之木。』

然疑作：疑信交加。然，诚然，相信。疑，怀疑。作，产生。王逸《楚辞章句》指出：『言怀王有思我时，然谗言妄作，故令狐疑也。』《文选》五臣注：『谗邪在旁，起其疑惑。然，不疑也。疑，未然也。君虽思我，而为谗者所惑，是非交作，莫知所决也。』

靁：同『雷』，打雷声。

填填：象声词，形容声音很大。

啾啾（jiū就）：哀啼。

狖（yòu又）：长尾猿。

飒飒（sà萨）：像风声。

木萧萧：树木落叶萧萧。

离：罹（lí离），遭受。

## 译文

喏，这儿有人啊，住在深山坳，
身披薜荔啊，佩着女萝腰带。
既对我含情流盼啊，又对我嫣然一笑，
你爱慕我啊，因为我美丽又善良。
乘着赤豹啊，后面跟着花狸，
乘着辛夷木车啊，插着桂枝旗。
披戴着石兰花啊，系着杜若腰带，
采摘香花啊，赠与我思念的人儿。
我住在竹林深处啊，终日不见阳光，
道路险峻啊，我独自来迟。
我孤独地站在高山之巅，
云海茫茫啊，飘荡在我的脚下边。
山色暗淡啊，白天就像阴天，
东风飘来啊，灵雨多么神奇。
我盼着你相伴啊，流连忘返，
岁月沧桑啊，我还美貌常在么？！
常摘灵芝在山中，

山石层层缠着葛藤。
恨只恨你一去不归啊，
你或许想我但没有空闲。
山里的人啊像杜若花一样高洁，
饮的是山泉水啊，住的是松柏遮蔽的房屋。
你是否想我啊，我拿捏不住。
雷声隆隆啊，雨色冥冥，
猿啼啾啾啊，哀鸣在夜空。
风声飒飒啊，落木萧萧，
我思念你啊，空自忧愁！

## 国殇

**操吴戈兮被犀甲，车错毂兮短兵接。**
**旌蔽日兮敌若云，矢交坠兮士争先。**
**凌余阵兮躐余行，左骖殪兮右刃伤。**
**霾两轮兮絷四马，援玉枹兮击鸣鼓。**







**天时坠兮威灵怒，严杀尽兮弃原壄。**
**出不入兮往不反，平原忽兮路超远。**
**带长剑兮挟秦弓，首身离兮心不惩。**
**诚既勇兮又以武，终刚强兮不可凌。**
**身既死兮神以灵，子魂魄兮为鬼雄。**

### 注释

国殇（shāng 伤）：是一首追悼为国牺牲的将士的挽歌。殇，古代指未成年而死的人，这里指阵亡的青壮年将士。因为其是为国牺牲，所以称国殇。本篇通过一次激烈战争场面的描写，歌颂了楚国将士奋勇杀敌、视死如归的英雄气概。洪兴祖《楚辞补注》考辨说：「谓死于国事者。《小尔雅》曰：无主之鬼谓之殇。」戴震《屈原赋注》指出：「殇字二义，男女为冠笄而死者，谓之殇；在外而死者，谓之殇，殇之言伤也。」

吴戈：古代吴地制造的戈，以锋快著称。这里泛指精良的兵器。

犀（xī 西）甲：犀牛皮制成的铠甲。

错：交错。

毂（gǔ 谷）：车轮的中心部分，这里指车轴。胡念贻《楚辞选注及考证》认为：「古代车轴穿过两轮的车毂，两端都露出轴头，所以当双方战车十分靠近时，会发生轮毂交错的现象。」

若云：形容敌兵众多，黑压压一大片。

交坠：交战双方弓箭对射，流矢交相坠落。

凌：侵犯。

躐（liè列）：践踏。

行：队列。

殪（yì意）：毙。本句的意思是战车左边的马死了，战车右边的马负了伤。

霾（mái埋）：通『埋』。

絷（zhí执）：绊住。本句的意思是两个车轮深陷在烂泥中，缰绳绊住了马匹。

援：拿起、举起的意思。

玉枹：嵌玉的鼓槌。

坠：怨。杀得昏天黑地、天快塌下来的样子。

威灵：威严的神灵。这句诗的意思是战斗十分残酷，天怨神怒。即惊天地、泣鬼神的意思。

严杀：严酷杀戮，残酷杀戮。

弃：弃尸。

壄：同『野』字。

反：同『返』。

忽：渺茫的样子，形容平原辽阔。

超远：遥远。这两句的意思是将士们离家远征，勇往直前，视死如归的决心。







秦弓：秦地制造的弓，指最好的弓。

心不惩：忠心不变，忠心无悔。

终：始终。

神以灵：精神永存。

子魂魄：战士的魂魄。有的本子作『魂魄毅』或『子魂毅』，指战士的魂魄刚毅。王逸《楚辞章句》指出：『言国殇既死之后，精神强壮，魂魄武毅，长为百鬼之雄杰也。』洪兴祖《楚辞补注》考辨说：『《左传》曰：人生始化曰魄，既生魄，阳曰魂，用物精多而魂魄强。疏云：人禀五常以生，感阴阳以灵。有身体之质，名之曰形。有嘘吸之动，谓之为气。气之灵者曰魄，既生魄矣，其内自有阳气也。气之神者曰魂。魂魄，神灵之名，本从形气而有，附形之灵为魄，附气之神为魂。附形之灵者，谓初生之时，耳目心识，手足运动，啼呼为声，此则魄之灵也。附气之神者，谓精神性识，渐有所知，此则附气之神也。魄在于前，魂在于后，魄识少而魂识多。人之生也，魄盛魂强。及其死也，形销气灭，圣人缘生以事死，改生之魂曰神，改生之魄曰鬼。合鬼与神，教之至也。魂附于气，气又附形。形强而气升，形弱而气弱。魂以气强，魄以形强。《淮南子》曰：天气为魂，地气为魄。注云：魂，人阳神。魄，人阴神也。』

**译文**

手中拿着吴戈啊，身上披着犀甲，
战车的车轴撞着车轴啊，各持短兵相拼杀。
旌旗遮住了天光啊，敌人涌来多如麻，
飞箭射落如雨下啊，勇士争先把敌杀。

阵地被攻破啊，军阵遭到践踏，
左边骖马死了啊，右边的战马也负了重伤。
车轮陷进泥中啊，缰绳绊倒了四马。
挥起玉鼓槌啊，战鼓又打响，
天昏地暗啊，神灵发了怒。
拼杀死尽不回头啊，壮士原野弃尸骨，
壮士出来不思归啊，为国捐躯不复返。
平原辽阔啊，征程遥远，
身佩长剑啊，手挟秦弓。
身首虽分离啊，忠心永不屈！
真正是既勇敢又英武，
意志刚强啊，敌人不敢凌辱。
身已死去啊，精神永驻，
战士的魂魄啊，做鬼也英雄！



## 礼魂

**成礼兮会鼓，传芭兮代舞。**
**□□兮□□，姱女倡兮容与。**
**春兰兮秋菊，长无绝兮终古。**

**注释**

礼魂：是《九歌》中的送神曲。礼，典礼，送神典礼。魂，即神，指前面祭祀的九位神。这首诗节奏明快，洋溢着送神时的欢乐气氛。此诗创作深受南楚民歌影响。据龙文玉研究，湘西苗族招魂民歌中有一首《领魂辞》，用现代汉语译出是这样的：『祭成啊费心好苦，招魂魄啊，儿女就好。敲锣打鼓，手舞足蹈。宽心回去啊，英雄得很。像春天开花秋天结果，长此下去，千年百岁都好。』（转引自龙文玉：《苗族的招魂风俗与屈原的招魂作品》，《吉首大学学报》1982年第1期）这种招魂歌在湘南千家峒瑶族招魂民歌中也有体现。

成礼：是礼成的倒装，指祭祀的完成。

会鼓：鼓声齐鸣。王萌《楚辞评注》认为：『会鼓，会合鼓音也。』

芭：同『葩』，花，鲜花的意思。

代舞：轮番交替舞蹈。代，更换。从此诗押韵规律分析，本句后面疑脱漏一句。

姱女：美女。

倡：同『唱』。

容与：欢快的样子。

长无绝、终古：永远不断。这两句的意思是每年秋冬两季，当兰花菊花盛开的时候，都要举行对九神的祭祀。王逸《楚辞章句》指出：「言春祠以兰，秋祠以菊，以芬芳相继承，无绝于终古之道也。」

**译文** 祀礼已告完成啊，一同敲起了鼓儿，

传递鲜花啊，轮番歌舞起来。

□□□□啊，□□□□□，

美女领唱啊，笑容真大度。

春天有兰花啊，秋天有菊花，

祭祀大典永远不断啊，直到千秋万古！

**评点** 九歌是屈原模仿楚国南方民间祭歌的形式而创作的长篇诗歌。全诗共十一篇。除《礼魂》外，其余十篇各祭一神，其中天上的神五篇：《东皇太一》、《云中君》、《大司命》、《少司命》、《东君》；地上的神四篇：《湘君》、《湘夫人》、《河伯》、《山鬼》；为国牺牲者（殇神）一篇：《国殇》。作者以浪漫主义的手法，抒发了楚国人民对神祇的敬畏颂祷之情和对幸福生活、美好爱情的祈愿。作品想象丰富，语言优美，形象生动，人神一体，情景交融，具有强烈的艺术魅力。王逸《楚辞章句》分析说：「《九歌》者，屈原之所作也。昔楚国南郢之邑，沅湘之间，其俗信鬼而好祠，其祠，必作歌乐舞鼓，以乐诸神，屈原放逐，窜伏其域，怀忧苦毒，愁思沸郁，出见俗人祭祀之礼，歌舞之乐，其词鄙陋。因为作《九歌》之曲。上陈事神之敬，下见己之冤结，托之以风谏，故其文意不同，章句杂错，而广异义焉。」关于《九歌》出现的神祇，近来出土的包山楚简有所记载。据刘信芳先生考证，包山楚简神名与《九歌》神祇有如下对应关系：（1）「太」为东皇太一（东君）；（2）「后土」为云中君；（3）「司命」为大司命；（4）「司骨」为少司命；（5）「大水」为河伯；（6）「二天子」为湘君、湘夫人；（7）「夕山」为山鬼；（8）「列祖列宗」为殇鬼；（9）「即成」为成礼。这说明屈原《九歌》的创作，确是受到楚国祭神民俗的影响。

## 招魂

朕幼清以廉洁兮，身服义而未沬。
主此盛德兮，牵于俗而芜秽。
上无所考此盛德兮，长离殃而愁苦。
帝告巫阳曰：『有人在下，我欲辅之。
魂魄离散，汝筮予之。』
巫阳对曰：『掌㝱上帝其难从。
若必筮予之，恐后之谢，不能复用巫阳焉。』
乃下招曰：魂兮归来！
去君之恒干，何为乎四方些？
舍君之乐处，而离彼不祥些。
魂兮归来！东方不可以托些。
长人千仞，惟魂是索些。
十日代出，流金铄石些。
彼皆习之，魂往必释些。
归来兮！不可以托些。







魂兮归来！南方不可以止些。
雕题黑齿，得人肉以祀，以其骨为醢些。
蝮蛇蓁蓁，封狐千里些。
雄虺九首，往来倏忽，吞人以益其心些。
归来兮！不可以久淫些。
魂兮归来！西方之害，流沙千里些。
旋入雷渊，爢散而不可止些。
幸而得脱，其外旷宇些。
赤螘若象，玄蠭若壶些。
五谷不生，藂菅是食些。
其土烂人，求水无所得些。
彷徉无所倚，广大无所极些。
归来兮！恐自遗贼些。
魂兮归来！北方不可以止些。
增冰峨峨，飞雪千里些。
归来兮！不可以久些。

魂兮归来！君无上天些。
虎豹九关，啄害下人些。
一夫九首，拔木九千些。
豺狼从目，往来侁侁些。
悬人以娭，投之深渊些。
致命于帝，然后得瞑些。
归来！往恐危身些。
魂兮归来！君无下此幽都些。
土伯九约，其角觺觺些。
敦脄血拇，逐人駓駓些。
参目虎首，其身若牛些。
此皆甘人，归来！恐自遗灾些。
魂兮归来！入修门些。
工祝招君，背行先些。
秦篝齐缕，郑绵络些。
招具该备，永啸呼些。
魂兮归来！反故居些。



**注释**

朕：我。

幼清：从年轻时就清白。王逸《楚辞章句》考辨说：『不求曰清，不受曰廉，不污曰洁。洁，一作洁。』

身：亲自。

服义：实行仁义。

未沬（mèi 妹）：没有终止。王逸《楚辞章句》考辨说：『沬，已也。言我少小修清洁之行，身服仁义，未曾有懈已之时也。』。

主：保持。

牵于俗：受世俗牵累。

芜秽：草荒败。这里指优缺点。王逸《楚辞章句》考辨说：『不治曰芜。多草曰秽。言已施行常以道德为主，以忠事君，以信结交，而为俗人所推引。』

上无所：上天不能。

离殃：受难。离，遭受的意思。

巫阳：神话中的巫师。王船山《楚辞通释》指出：『巫阳，古之神巫。』

有人：指楚怀王。

辅：保佑他。

汝：你。

筮：古时用龟甲和蓍草占卜的方法。这里指算卦。

予之：帮他。

掌瘳：即「掌梦」，指掌管占梦的官。

难从：难以执行你的指示。

必筮：一定要占卜。

予之：给他招魂。

后：时期已过。

谢：身躯已经腐败。

不能复用：他的灵魂不能再用。王逸《楚辞章句》考辨说：「谢，去也。巫阳言如必欲先筮问求魂魄所在，然后与之，恐后世怠懈，必去卜筮之法，不能复修用，但招之可也。」可备一说。

下：降临人间。

招：呼唤。

归来：快回到你身上吧！

去：你离开了。

恒干：常在的躯体。

四方：流散到四方。

些（suò 所）：楚地方言，句尾语气助词，与「兮」同，属于巫术用语。沈括《梦溪笔谈》指出：「今夔、峡、湖、湘及南北江獠人，凡禁咒（zhòu 咒）句尾皆称「些」，乃楚人旧俗」。



祥：吉利。

离：同「罹」，遭受的意思。

托些：安身之地。托，依托的意思。王逸《楚辞章句》考辨说：「托，寄也。《论语》曰：可以托六尺之孤。言东方之俗，其人无义，不可托命而寄身也。」

千仞：身高千丈。古时八尺为一仞。

长人：几人。

惟魂是索：专门搜寻鬼魂吃。

十日：神话传说中扶桑树上有十个太阳。《庄子·齐物论》指出：「昔者十日并出，万物皆照。」《淮南子·本经》也有记载：「尧时十日并出，焦禾稼，杀草木。」

代出：轮流升起。

流金：金属融化。

铄石：销熔石头。形容阳光强烈。王逸《楚辞章句》考辨说：「铄，销也。言东方有扶桑之木，十日并在其上，以次更行，其热酷烈，金石坚刚，皆为销释也。彼皆习之，魂往必释些。释，解也。言彼十日之处，自习其热。魂行往到，身必解烂也。」

彼：这里指前文所说的巨人。

习之：已经习惯。

魂：你。

释：熔化。

托：寄托、安身。

止：止息、安身的意思。

雕题：在额头上刻制花纹。应为古代南方少数民族的一种风俗，纹身的一种。《庄子·逍遥游》指出：「越人断发文身。」蒋骥《山带阁注楚辞》指出：「《南土志》：『黑齿在水昌关南，以漆漆其齿。』」

祀：祭祀。蒋骥《山带阁注楚辞》指出：「南方俗多厣魅，常有杀人祭鬼者。」

以其骨：还要把人的骨头。

为醢：剁成骨泥。

蓁蓁（zhēn 贞）：盘绕聚集，很多的意思。

封狐：大狐狸。王逸《楚辞章句》考辨说：「封狐，大狐也。言炎土之气，多蝮虺恶蛇，积聚蓁蓁，争欲啮人。又有大狐，健走，千里求食，不可逢遇也。」《山海经·南山经》说：「青丘之山……有兽焉，其头如狐而九尾，其音如婴儿，能食人。」王船山《楚辞通释》说：「封狐能为妖怪，倏忽千里也。」

# 楚辞精注精译精评



千里：遍地都是。

雄虺（huǐ 毁）：大毒蛇。

九首：九个脑袋。

往来：意思是说雄虺到处乱窜。

益：满足。

久淫：久居的意思。这里指南方。

害：危害。对你的危害会更大。

流沙：王逸《楚辞章句》考辨说：「流沙，沙流而行也。《尚书》曰：余波入于流沙。言西方之地，厥土不毛，流沙滑滑，昼夜流行，从广千里，又无舟航也。从广，一作纵横。」高诱注《吕氏春秋·本味篇》说：「流沙在敦煌郡西八百里。」蒋骥《山带阁注楚辞》指出：「《梦溪笔谈》：『鄜延西北有范河，即流沙也。人马践之有声，陷则应时即灭……』」

旋入：把人卷入。

雷渊：神话中的深渊。王逸《楚辞章句》考辨说：「旋，转也。渊，室也。渊，《文选》作泉。」

糜：同「靡」。粉碎的意思。王逸《楚辞章句》考辨说：「糜，碎也。言欲涉流沙，少止则回入雷公之室，转还而行，身虽糜碎，尚不得休息也。糜，一作靡。《释文》作縻。一作麋，非是。」

幸：有幸。

脱：逃脱。

其外：在外面。

旷宇：一片荒野。意为十分可怕的地方。

螘：同「蚁」，蚂蚁。蒋骥《山带阁注楚辞》指出：「《八紘译史》：「蚁国在极西，其色赤，大如象。」」

若象：像大象一样大。

玄蠭：即「玄蜂」，黑蜂。

壶：通「瓠」，葫芦。传说昆仑有大蜂，长一丈，其毒可杀人。王逸《楚辞章句》考辨说：「壶，干瓠也。言旷野之中，有赤蚁，其状如象。又有飞蜂，腹大如壶，皆有蠭毒，能杀人也。」

菅（jiān 兼）：茅草。王逸《楚辞章句》考辨说：「柴棘为藂。菅，茅也。言西极之地，不生五谷，其人但食柴草，若群牛也。藂，一作丛。菅，一作菱。」

食：粮食。

烂人：使人肉腐烂。王逸《楚辞章句》考辨说：「言西方之土，温暑而热，燋烂人肉。渴欲求水，无有源泉，不可得之也。」

彷徉（páng yáng 旁阳）：徘徊。王逸《楚辞章句》考辨说：「言欲彷徉东西，无民可依。其野广大，行不可极也。一云：言西方之土，广大遥远，无所臻极。虽欲彷徉，求所依止，不可得也。一作仿佯。」《文选》五臣注指出：「彷徉，游行貌。」





倚：依靠、安居。

极：边界、边际的意思。

遗：招。

贼：害。

增冰：厚厚的冰。王逸《楚辞章句》考辨说：「言北方常寒，其冰重累，峨峨如山。凉风急时，疾雪随之。飞行千里，乃至地也。」《文选》五臣注指出：「增，积也。峨峨，高貌。」

峨峨：堆积如山。

久：久留。

无：不要。

九关：九重天门。《山海经·大荒西经》说：「昆仑帝下之都，而有九门，门有开明之兽守之，虎身人面九首。」

啄：咬。王逸《楚辞章句》考辨说：「啄，啮也。言天门凡有九重，使神虎豹执其关闭，主啄啮天下欲上之人，而杀之也。」

下人：世上凡人。

一夫：一个怪人。王逸《楚辞章句》考辨说：「言有丈夫一身九头，强梁多力，从朝至暮，拔大木九千枚也。」

九首：有九个头。

九千：九千棵大树。

从目：瞪大眼睛。从，同「纵」。

侁侁（shēn身）：众多的样子。王逸《楚辞章句》考辨说：「侁侁，往来声也。《诗》曰：侁侁征夫。言天上有豺狼之兽，其目皆从，奔走往来，其声侁侁，争欲啖人也。侁，一作莘。」《文选》五臣注指出：「从，竖也。侁侁，众貌。」

悬人：把人吊起来。

投：丢进。王逸《楚辞章句》考辨说：「投，擿也。言豺狼得人，不即啖食，先悬其头，用之娱戏。疲倦已后，乃擿于深渊之底而弃之也。」

致命：汇报、报告的意思。

帝：天帝。

瞑：闭上眼睛，指人死去。王逸《楚辞章句》考辨说：「瞑，卧也。言投人已讫，上致命于天帝，然后乃得眠卧也。瞑，一作眠。」王船山《楚辞通释》说：「瞑，死而瞑目也。投之九渊，而以其异（特有的法术），能令人死，反告之于帝，然后瞑目，谓求死而不得也。」

君：你。

无：不要。

幽都：指地府。

土伯：地府的君主。



九约：九曲。指土伯的身体弯弯曲曲。

觺觺（yí疑）：形容角很锐利。王逸《楚辞章句》考辨说：「土伯，后土之侯伯也。约，屈也。觺觺，犹狺狺，角利貌也。言地有土伯，执卫门户，其身九屈，有角觺觺，主触害人也。」

敦脄（méi没）：厚厚的背肉，即强壮的意思。敦，厚。脄，背肉。

血拇：尖利的爪子沾满鲜血。

駓駓（péi陪）：跑得很快的样子。王逸《楚辞章句》考辨说：「駓駓，走貌也。言土伯之状，广肩厚背，逐人駓駓，其走捷疾，以手中血漫污人也。」

参目：三只眼睛。

虎首：虎的脑袋。王逸《楚辞章句》考辨说：「言土伯之头，其貌如虎，而有三目，身又肥大，状如牛也。参，一作三。」

甘：吃的意思。

修门：高门。

工祝：有本领的巫师。工，巧。祝，男巫。王逸《楚辞章句》考辨说：「工，巧也。男巫曰祝。背，倍也。言选择名工巧辩之巫，使招呼君，倍道先行，导以在前，宜随之也。」《文选》五臣注指出：「工祝，良巫也。君谓原，言良巫背行在先，君宜随后。」

背行：倒退。意思是面向魂魄一步步倒退。

先：引导。即引导魂魄入门。

秦篝：秦国产的竹笼。传说古代招魂时把被招者的衣服放在竹笼里，象征他的魂魄就在笼里。

齐缕：产于齐国的线。传说是装饰秦篝的五色线。

郑绵络：产于郑国的织物。这里指盖在竹笼上的布罩。王逸《楚辞章句》考辨说：『绵，缠也。络，缚也。言为君魂作衣，乃使秦人职其篝络，齐人作彩缕，郑国之工缠而缚之，坚而且好也。绵，一作緜。』

招具：招魂的器具。指上文的郑绵络等。

永啸呼：拉长声调唤你。永，长的意思。王逸《楚辞章句》考辨说：『夫啸者，阴也。呼者，阳也。阳主魂，阴主魄。故必啸呼以感之也。』

反：同『返』。





天地四方，多贼奸些。
像设君室，静閒安些。
高堂邃宇，槛层轩些。
层台累榭，临高山些。
网户朱缀，刻方连些。
冬有突厦，夏室寒些。
川谷径复，流潺湲些。
光风转蕙，汜崇兰些。
经堂入奥，朱尘筵些。
砥室翠翘，挂曲琼些。
翡翠珠被，烂齐光些。
蒻阿拂壁，罗帱张些。
纂组绮缟，结琦璜些。
室中之观，多珍怪些。
兰膏明烛，华容备些。
二八侍宿，射递代些。
九侯淑女，多迅众些。
盛鬋不同制，实满宫些。
容态好比，顺弥代些。
弱颜固植，謇其有意些。
姱容修态，絙洞房些。
蛾眉曼睩，目腾光些。
靡颜腻理，遗视睇些。

**离榭修幕，侍君之閒些。**

注释

贼奸：害人的东西。王逸《楚辞章句》考辨说：『贼，害也。奸，恶也。言天有虎豹，地有土伯，东有长人，西有赤蚁，南有雄虺，北有增冰，皆为奸恶，以贼害人也。』

像：仿照。本句的意思是说依照你生前布置的居室。

静闲安：意思是说比在外面安静舒适些。王逸《楚辞章句》考辨说：『无声曰静，空宽曰闲。言乃为君造设第室，法像旧庐，所在之处，清静宽闲而安乐也。』

高堂：高大的房屋。

邃（suì 岁）宇：深深的庭院。邃，深。宇，庭院。

槛：栏杆。王逸《楚辞章句》考辨说：『槛，楯也。从曰槛，横曰楯。轩，楼版也。言所造之室，其堂高显，屋甚深邃。下有槛楯，上有楼板，形容异制，且鲜明也。』《文选》五臣注指出：『槛，栏，层，重也。轩，槛楼上板。』

轩：有长廊的厅。

层、累：均为重叠之意。

台：楼台。

榭：亭榭。王逸《楚辞章句》考辨说：『层、累，皆重也。无木谓之台，有木谓之榭。』

临高山：房后是高山。王逸《楚辞章句》考辨说：『言复作重层之台，累石之榭，其颠眇眇，上乃临于高山也。或曰：临高山而作台榭也。』





网户：门上镂空花格。户，门。

朱缀：涂上红色。缀，装饰。

刻：雕刻。王逸《楚辞章句》考辨说：『刻，镂也。横木关柱为连。言门户之楣，皆刻镂绮文，朱丹其缘，雕镂连木，使之方好也。』《文选》五臣注指出：『又刻镂横木为文章，连于上，使之方好。』

方连：方格图案。

突（yào 要）厦：温暖的大厦。突，指墙面厚实、房屋宽大、寒气不易进入。王逸《楚辞章句》考辨说：『突，复室也。厦，大屋也。《诗》云：于我乎夏屋渠渠。厦，一作夏。』《文选》五臣注指出：『突厦，重屋。』

寒：凉爽。王逸《楚辞章句》考辨说：『言隆冬冻寒，则有大屋，复突温室。盛夏暑热，则有洞达阴堂，其内寒凉也。室，一作屋。』

川谷：指园中的小溪流。

径复：纵横。

流潺湲：指清澈的溪流潺潺有声。王逸《楚辞章句》考辨说：『言所居之舍，激导川水，径过园庭，回通反复，其流急疾，又洁净也。』

光：阳光下。

风：微风。

转：吹动。

汜：同『泛』，散发，散发出阵阵幽香。王逸《楚辞章句》考辨说：『汜犹汎。汎，摇动貌也。崇，充也。言天雨霁日明，微风奋发，动摇草木，皆令有光，充实兰蕙，使之芬芳，而益畅茂也。』

崇：同『丛』。

经堂：经过厅堂。

入奥：进入内房。

朱：红色。

尘筵：天花板。尘，承尘。筵，竹板。王逸《楚辞章句》考辨说：『尘，承尘也。筵，席也。《诗》云：肆筵设机。言升殿过堂，入房至室奥处，上则有朱画承尘，下则有簟筵好席，可以休息也。或曰：朱尘筵，谓承尘搏壁，曼延相连接也。搏，一作薄。』

砥室：房间四壁磨得光洁明亮。砥，磨刀石。这里做动词，磨平、磨光的意思。王逸《楚辞章句》考辨说：『砥，石名也。《诗》曰：其平如砥。翠，鸟名也。翘，羽也。』《文选》五臣注指出：『以砥石为室，取其平也。又以翠羽相饰之。』

翠翘：用翠鸟羽毛做的尘帚。

挂曲琼：挂在玉钩上。王逸《楚辞章句》考辨说：『挂，悬也。曲琼，玉钩也。言内卧之室，以砥石为壁，平而滑泽，以翠鸟之羽，雕饰玉钩，以悬衣物也。或曰：儃室，谓儃佪曲房也。挂，一作絓。』《文选》五臣注指出：『玉钩挂于室中。』





珠被：缀有细珠的锦被。

齐光：指被色和珠光交相辉映。王逸《楚辞章句》考辨说：『齐，同也。言床上之被，则饰以翡翠羽及珠玑，刻画众华。其文烂然，而同光明也。』《文选》五臣注指出：『以珠翠饰被，光色烂然相齐。』

蒻阿：一种柔软轻细的丝织品。蒻，纤弱的意思。阿，即缯，古代一种轻细的织品。

帱（chóu 愁）：禅帐。

张：挂。

拂壁：挂在墙上。

纂组绮缟：各种颜色的丝带。五色曰组。绮，有花纹的丝织品。缟，白色的丝织品，

结：连结。

琦、璜：均为美玉。王逸《楚辞章句》考辨说：『璜，玉名也。言帱帐之细，皆用绮缟。又以纂组结束玉璜，为帷帐之饰也。绮，一作奇。』

观：这里做名词用，指的是室中所见之物。

珍怪：珍贵奇异。

兰膏：指加了香料的蜡烛。

华容：美女。王逸《楚辞章句》考辨说：『容，貌也。言日暮游宴，燃香兰之膏，张施明烛。观其镫锭，雕镂百兽，华奇好备也。』《文选》五臣注认为：『华容，谓美人也。』

备：已经准备。

二八：十六个美女。王逸《楚辞章句》考辨说：「二八，二列也。言大夫有二列之乐，故晋悼公赐魏绛女乐二八，歌钟二肆也。」

递代：轮流值班。递，「递」的异体字。王逸《楚辞章句》考辨说：「射，猒也。《诗》云：服之无射。递，更也。言使好女十六人，侍君宴宿，意有厌倦，则使更相代也。或曰：夕递代。夕，暮也。递，一作遰。五臣云：君或猒之，则递代进矣。」

九侯淑女：各诸侯国送来的美女。九，多的意思，并非实指。

迅：通「洵」，实在、真正。王逸《楚辞章句》考辨说：「迅，疾也。言复有九国诸侯好善之女，多才长意，用心齐疾，胜于众人也。」《文选》五臣注指出：「其来迅疾，众多于此。」可备一说。

鬋（jiǎn 剪）：鬓发。

制：式样。

宫：屋子。

好比：一个胜似一个。

顺：通「洵」，实在、真正。

弥代：盖世无双。代，时代。王逸《楚辞章句》考辨说：「弥，久也。言美女众多，其貌齐同，姿态好美，自相亲比，承顺上意，久则相代也。代，一作世。」《文选》五臣注指出：「弥，犹次也。好相亲密和顺，次以相代也。」





弱颜：柔嫩的脸。

固植：健壮的体魄。

謇：心好。王逸《楚辞章句》考辨说：「謇，正言貌也。言美女内多廉耻，弱颜易愧，心志坚固，不可侵犯，则謇然发言，中礼意也。謇，一作蹇。」《文选》五臣注指出：「謇，正直貌。有意礼则之意。」

意：情意。

姱容：漂亮的容颜。

修态：苗条的身材。

絙：绵延。这里指出入不断。王逸《楚辞章句》考辨说：「言复有美好之女，其貌姱好，多意长智，群聚罗列，竟识洞达，满于房室也。絙，一作緪。」

曼：柔婉。

睩（lù 路）：眼珠的转动。周拱辰《离骚草木史》：「曼睩，言目色溜人。」

腾：突然一瞥。王逸《楚辞章句》考辨说：「腾，驰也。言美女之貌，蛾眉玉白，好目曼泽，时睩睩然视，精光腾驰，惊惑人心也。」《文选》五臣注指出：「腾，发也。」

光：光亮闪闪。

靡：细腻。

理：肌理，指皮肤。

遗视：含情地看。

矊（mián 绵）：情意绵绵。

离榭：别墅。

修幕：游猎时建的大营帐。

閒：同『闲』，闲暇。王逸《楚辞章句》考辨说：『闲，静也。言愿令美女于离宫别观帐幕之中，侍君闲静而宴游也。』

翡帷翠帐，饰高堂些。
红壁沙版，玄玉梁些。
仰观刻桷，画龙蛇些。
坐堂伏槛，临曲池些。
芙蓉始发，杂芰荷些。
紫茎屏风，文缘波些。
文异豹饰，侍陂陁些。
轩辌既低，步骑罗些。
兰薄户树，琼木篱些。
魂兮归来！何远为些？









室家遂宗，食多方些。
稻粢穱麦，挐黄粱些。
大苦醎酸，辛甘行些。
肥牛之腱，臑若芳些。
和酸若苦，陈吴羹些。
胹鳖炮羔，有柘浆些。
鹄酸臇凫，煎鸿鸧些。
露鸡臛蠵，厉而不爽些。
粔籹蜜饵，有餦餭些。
瑶浆蜜勺，实羽觞些。
挫糟冻饮，酎清凉些。
华酌既陈，有琼浆些。

注释

翡、翠：指翡翠鸟的颜色，有红有绿。

帷、帐：均指挂在厅堂的帐幕。

沙：朱砂。这里指红颜色。

版：墙板。

玄玉梁：用黑漆漆成的屋梁，光泽如玉。王逸《楚辞章句》考辨说：『玄，黑也。言堂上四壁，皆垩色令之红白，又以丹沙画饰轩版，承以黑玉之梁，五采分别也。一云玄玉之梁。』《文选》五臣注指出：『黑玉饰于屋梁。』

刻桷（jué 绝）：指整整齐齐的方形椽子。桷，椽子。

伏槛：手扶栏杆。

芙蓉：荷花。

芰（jì 既）荷：菱叶与荷叶。芰，菱叶。王逸《楚辞章句》考辨说：『芰，菱也。秦人谓之薢茩。言池水之中有芙蓉，始发其华，芰菱杂错，罗列而生，俱盛茂也。或曰：倚荷，谓荷立生水中持倚之也。』《文选》五臣注指出：『芰，水草。荷，芙蓉之茎。』

屏风：水葵。

文：同『纹』。

缘波：绿波。王逸《楚辞章句》考辨说：『言复有水葵，生于池中，其茎紫色，风起水动，波缘其叶上而生文也。或曰：紫茎，言荷茎紫色也。屏风，谓荷叶鄣风也。缘，《文选》作绿。』《文选》五臣注指出：『风起吹之，生文于绿波中也。』

文异：卫士的服装，花纹奇异。

豹饰：用豹皮做的衣服。

侍：守卫。



陂陁（pí tuó 皮驼）：高低不平的山坡。王逸《楚辞章句》考辨说：『陂陀，长陛也。言侍从之人，皆衣虎豹之文，异采之饰，侍君堂隅，卫阶陛也。或曰：侍陂池，谓侍从于君游陂池之中，赫然光华也。』

轩：有篷的车。

辌（liáng 量）：有窗而舒适的卧车。

低：同『抵』，到达。

罗：罗列，侍列周围。王逸《楚辞章句》考辨说：『徒行为步，乘马为骑。罗，列也。言官属之车，既已屯止，步骑士众，罗列而陈，俟须君命也。』

兰：兰花。

薄：丛生的意思。

户树：种在门前。

琼木：珍贵的树。

离：同『篱』，这里是一行行的意思。王逸《楚辞章句》考辨说：『柴落为篱。言所造舍种树兰蕙，附于门户，外以玉木为其篱落，守御坚重，又芬香也。』《文选》五臣注指出：『言夹户种丛兰，又栽木为藩篱，以自蔽。琼者，美言也。』

室家：宗族。

遂宗：祭祀祖宗。

食：供品。

多方：多种多样。王逸《楚辞章句》考辨说：『方，道也。言君九族室家，遂以众盛，人人晓味，故饮食之和，多方道也。』《文选》五臣注指出：『营造饮食，亦多方略。』

稻：大米。

粢（zī 滋）：小米。

穱（zhuō 桌）：早熟的麦子。

挐（nú 奴）：参杂。

黄粱：黄小米。

大：很。王逸《楚辞章句》考辨说：『大苦，豉也。』《文选》五臣注指出：『咸，盐也。酸，酢也。大苦咸酸辛甘，皆和之，使其味行。』

辛：辣。

行：用上了。

腱：蹄筋。

臑（nào 闹）：肘子。

和：调和。

陈：摆设。







吴：吴国厨师。

胹：炖。

炮：烤。

羔：小羊羔。

柘（zhè 折）浆：糖汁。

鹄（hú 胡）酸：醋蒸天鹅肉。

臇凫：小炒野鸭肉。臇，少汁的羹。

鸿、鸧（cāng 苍）：都属于雁类。王逸《楚辞章句》考辨说：『鸿，鸿雁也。鸧，鸧鹤也。言复以酸酢烹鹄为羹，小臇臛凫煎熬鸿鸧令之肥美也。』

露鸡：卤鸡。

臛（huò 或）：红烧。

蠵（xī 兮）：大龟。

厉：很好吃。

不爽：不腻。楚地方言。王逸《楚辞章句》考辨说：『爽，败也。楚人名羹败曰爽。言乃复烹露栖之肥鸡，臛蠵龟之肉，则其味清烈不败也。』

粔、籹：均为糕点。

餦餭：饴糖。

瑶浆：像玉一样透明的美酒。

蜜勺：饮酒时酒中加蜜。勺，同「酌」。

实：酒斟得满满的。

羽觞：酒杯。古时酒杯其形如有两翼，故曰羽觞。王逸《楚辞章句》考辨说：「实，满也。羽，翠羽也。觞，觚也。言食已复有玉浆以蜜沾之，满于羽觞，以漱口也。」《文选》五臣注指出：「勺，和也。觞，酒器也。插羽于上。」

挫糟：除去酒糟的清酒。

冻饮：冷饮。

酎（zhòu 皱）：指酒味醇正。王逸《楚辞章句》考辨说：「酎，醇酒也。言盛夏则为覆蹙干酿，提去其糟，但取清醇，居之冰上，然后饮之。酒寒凉，又长味，好饮也。」

华酌：豪华的筵席。《文选》五臣注指出：「华酌，谓置华于酒中。」

既陈：已经摆好。

琼浆：美酒。王逸《楚辞章句》考辨说：「言酒樽在前，华酌陈列，复有玉浆，恣意所用也。」







归来反故室，敬而无妨些。

肴羞未通，女乐罗些。

陳钟按鼓，造新歌些。

《涉江》、《采菱》，发《扬荷》些。

美人既醉，朱颜酡些。

娭光眇视，目曾波些。

被文服纤，丽而不奇些。

长发曼鬋，艳陆离些。

二八齐容，起郑舞些。

衽若交竿，抚案下些。

竽瑟狂会，搷鸣鼓些。

宫庭震惊，发《激楚》些。

吴歈蔡讴，奏《大吕》些。

士女杂坐，乱而不分些。

放陳组缨，班其相纷些。

郑、卫妖玩，来杂陈些。

《激楚》之结，独秀先些。

菎蔽象棊，有六簙些。

分曹并进，遒相迫些。
成枭而牟，呼五白些。
晋制犀比，费白日些。
铿钟摇簴，揳梓瑟些。
娱酒不废，沈日夜些。
兰膏明烛，华镫错些。
结撰至思，兰芳假些。
人有所极，同心赋些。
酎饮尽欢，乐先故些。
魂兮归来！反故居些。

**注释**

反故室：返回故居。

敬：大家都尊敬你。

无妨：不要有顾虑。王逸《楚辞章句》考辨说：「妨，害也。言君魂急来归还，反所居故室，子孙承事恭敬，长无祸害也。一云：归来归来。一云：归反故室。无『来』字。」

肴：菜肴。

羞：美味的食物。







未通：没有吃遍。

乐：歌舞乐队。

罗：列队。王逸《楚辞章句》考辨说：「言肴膳已具，进举在前，宾主之礼，殷勤未通，则女乐倡荡，罗列在堂下也。」

陈钟：摆设好乐钟。

按鼓：安放好乐鼓。按，同「安」。

造：表演。王逸《楚辞章句》考辨说：「言乃奏乐作音，而撞钟，徐鼓，造为新曲之歌，与众绝异也。」

涉江、采菱、扬荷：均为楚地乐曲名。王逸《楚辞章句》考辨说：「楚人歌曲也。言己涉渡大江，南入湖池，采取菱芰，发扬荷叶。喻屈原背去朝堂，隐伏草泽，失其所也。」

发：齐唱。

扬荷：即《阳阿》。

酡：指喝醉了酒红光满面。

娭光：娭同「嬉」，欢乐逗人的目光。

眇视：含情而视。

目曾波：两眼水汪汪，指目送秋波。曾，同「层」。王逸《楚辞章句》考辨说：「波，华也。言美女酣乐，顾望娭戏，身有光文，眺视曲眄，目采盼然，白黑分明，若水波而重华也。」

被：披、穿的意思。

文：指绣花衣服。

纤：轻软的丝织品。

不奇：指衣服合身款式大方。王逸《楚辞章句》考辨说：『不奇，奇也。犹《诗》云：不显文王。不显，显也。言美女被服绮绣，曳罗縠，其容靡丽，诚足奇怪也。一云：被兹文服，纤丽不奇。』

曼：长。

鬋：鬓角。

陆离：形容美女们打扮得五光十色。王逸《楚辞章句》考辨说：『《左氏传》曰：宋华督见孔父之妻，目逆而送之，曰：美而艳。言美人长发工结，鬋鬓滑泽，其状艳美，仪貌陆离，而难具形也。』

二八：十六位美女。

齐容：一样的装束。

起：跳起。

郑舞：郑国的舞蹈。王逸《楚辞章句》考辨说：『郑舞，郑国之舞也。言二八美女，其仪容齐一，被服同饰，奋袂俱起而郑舞也。或曰：郑舞，郑重屈折而舞也。』

衽：衣襟。《文选》五臣注指出：『衽，衣襟也。言舞人回转，衣襟，相交如竿也。以手抚案其节，而徐行也。』

交竿：形容起舞时衣服紧贴身子的形状。

抚案：舞袖低垂。案，同『按』。王逸《楚辞章句》考辨说：『抚，抑也。言舞者回旋，衣衽掉摇，回转相钩，状若交竹竿，以手抑案而徐来下也。一云：抚，抵也。以手抵案而徐下行也。』



下：退场。

填（tián田）：急击。王逸《楚辞章句》考辨说：『填，击也。言众乐并会，吹竽弹瑟。又填击鸣鼓，以进八音，为之节也。填，一作嗔，一作填。《文选》作槙，徒年切。』

震惊：震动。

发：奏出。

激楚：慷慨激昂的楚歌。王逸《楚辞章句》考辨说：『激，清声也。言吹竽击鼓，众乐并会，宫庭之内，莫不震动惊骇，复作《激楚》之清声，以发其音也。』

吴歈（yú于）、蔡讴：均为歌名。

大吕：古乐调名。王逸《楚辞章句》考辨说：『大吕，六律名也。《周官》曰：舞《云门》，奏大吕。言乃复使吴人歌谣，蔡人讴吟，进雅乐，奏大吕。五音六律，声和调也。《文选》奏作秦。』

士女：男女。王逸《楚辞章句》考辨说：『言醉饱酣乐，合樽促席，男女杂坐，比肩齐膝，恣意调戏，乱而不分别也。』

不分：不分彼此。

陈：乱放。

组：系玉或印的丝带。

缨：帽带。本句的意思是说脱下的衣帽随便乱放。

班：座位的秩序。

相纷：混乱。王逸《楚辞章句》考辨说：『纷，乱也。言男女共坐，除去威严，放其冠缨，舒嗽印绶，班然相乱，不可整理也。』

郑、卫：郑国、卫国。

妖玩：美女。

杂陈：到处陪坐玩乐。王逸《楚辞章句》考辨说：『杂，厕也。陈，列也。言郑、卫二国，复遣妖玩之好女，来杂厕俱坐而陈列也。陈，一作敶。』

结：作尾声。

秀先：比前面的歌曲更优美动听。王逸《楚辞章句》考辨说：『秀，异也。言郑、卫妖女，工于服饰，其结殊形，能感楚人，故异之而使之先进也。』《文选》五臣注指出：『秀，异而先进于前。』

菎（kūn坤）蔽：赌博用的筹码。菎，玉。蔽，饰玉的簙箸。王逸《楚辞章句》考辨说：『菎，玉也。蔽，簙箸以玉饰之也。或言菎蕗，今之箭囊也。』

象棊：象牙做的棋子。棊，『棋』的异体字。

六簙（bó伯）：古代的一种棋戏。簙，同『博』。王逸《楚辞章句》考辨说：『投六箸，行六棋，故为六簙也。言宴乐既毕，乃设六簙，以菎蔽作箸，象牙为棋，丽而且好也。簙，一作博。』

分曹：分成相对的两方。





并进：相互进攻。

遒：使劲。王逸《楚辞章句》考辨说：『遒，亦迫。言分曹列偶，并进技巧，投箸行棋，转相遒迫，使不得择行也。或曰：分曹并进者，谓并用射礼进也。』《文选》五臣注指出：『遒，急也。言务以求胜。』

枭、牟：都是古代博戏的专门术语。意思是争取获胜。

五白：指五颗骰子组成的一种特采，是胜利的标志。王逸《楚辞章句》考辨说：『五白，簙齿也。言己棋已枭，当成牟胜，射张食棋，下兆于屈，故呼五白，以助投也。兆于屈，一作逃于窟。』

晋制犀比：还有晋国的赌博。

费白日：消磨一天。指玩得开心不知不觉一天就过去了。

铿（kēng坑）：象声词。这里做动词用，指撞钟。

簴（jù据）：钟架。

揳（jiá架）：弹奏。王逸《楚辞章句》考辨说：『揳，鼓也。言众宾既集，共簙以相娱乐，堂下复鸣大钟，左右歌吟，鼓瑟琴也。』

梓瑟：梓木做的瑟。

不废：不停止。

沈：同『沉』，沉湎的意思。王逸《楚辞章句》考辨说：『言虽以酒相娱乐，不废政事，昼夜沈湎，以忘忧也。或曰：娱酒不发。发，旦也。《诗》云：明发不寐。言日夜娱乐。又曰：和乐且湛。言昼夜以酒相乐也。夜，一作夕。』

镫：同『灯』。王逸《楚辞章句》考辨说：『言镫锭尽雕琢错镂，饰设以禽兽，有英华也。镫，一作雕。』《文选》五臣注指出：『似兰渍膏取其香也。华，谓有光华。』

结撰：构思写诗。

至思：尽心思考。

兰芳：指华丽的辞藻。

假：借助。王逸《楚辞章句》考辨说：『假，至也。《书》曰：假于上下。兰芳，以喻贤人也。言君能结撰博专至之心，以思贤人，贤人即自至也。』

所极：兴奋到了极点。

赋：朗诵诗作。王逸《楚辞章句》考辨说：『赋，诵也。言众坐之人，各欲尽情，与己同心者，独诵忠信与道德也。』《文选》五臣注指出：『极，尽也。赋，聚也。贤人尽至，则同心相聚，君可选也。』

酎（zhòu 皱）饮：痛饮美酒。酎，重酿的醇酒。王逸《楚辞章句》考辨说：『言饮酒作乐，尽己欢欣者，诚欲乐我先祖及与故旧人也。酎，一作酌。一本『尽』上有『既』字。』

乐先故：使先故乐，意思是使先辈灵魂也享受快乐。







乱曰：献岁发春兮，汩吾南征。

菉蘋齐叶兮，白芷生。

路贯庐江兮，左长薄。

倚沼畦瀛兮，遥望博。

青骊结驷兮，齐千乘，悬火延起兮，玄颜烝。

步及骤处兮，诱骋先，抑骛若通兮，引车右还。

与王趋梦兮，课后先。

君王亲发兮，惮青兕。

朱明承夜兮，时不可以淹。

皋兰被径兮，斯路渐。

湛湛江水兮，上有枫。

目极千里兮，伤春心。

魂兮归来，哀江南。

注释

乱：古代乐曲的尾声，也是全诗的结语。

献岁：进入新的一年。献，进。

发春：春天开始了。

汩（gǔ古）：水流很快的样子。这里是行走匆匆的意思。

吾：屈原自称。

南征：南行。王逸《楚辞章句》考辨说：『征，行也。言岁始来进，春气奋扬，万物皆感气而生，自伤放逐，独南行也。』

菉蘋：一种水草。菉，同『绿』。

齐叶：长齐了叶子。

白芷：一种香草。王逸《楚辞章句》考辨说：『言屈原放时，菉苹之草，其叶适齐，白芷萌芽，方始欲生，据时所见，自伤哀也。犹《诗》云「昔我往矣，杨柳依依」也。』

贯：通往。

庐江：地名。

左：江的左岸。

长薄：连绵不断的丛林。

倚：沿着。

畦：区。

瀛（yíng 赢）：大的沼泽。

博：广阔的荒野。王逸《楚辞章句》考辨说：『博，平也。言已循江而行，遂入池泽，其中区瀛远望平博，无人民也。』

青骊：指青黑色的马。

驷：指驾一辆车用的四匹马。

齐千乘：千辆车一齐出猎。王逸《楚辞章句》考辨说：『四马为驷。齐千乘，齐，同也。言屈原尝与君俱猎于此，



官属齐驾驷马，或青或黑，连千乘，皆同服也。』

悬火：焚林驱兽的火把。王逸《楚辞章句》考辨说：『悬火，悬镫也。玄，天也。言已时从君夜猎，悬镫林木之中，其火延及，烧于野泽，烟上烝天，使黑色也。』

延起：点燃树林后的火势蔓延。

玄颜烝：火光冲天。玄颜，指天的颜色。烝，同『蒸』。

步：步行的人。

骤处：车马骤集处。

诱：这里做名词用，即向导。王逸《楚辞章句》考辨说：『诱，导也。骋，驰也。言猎时有步行者，有乘马走骤者，有处止者，分以围兽，已独驰骋，为君先导也。』

骋先：一马当先。

抑：勒住马。

骛：奔驰。

若：顺。

通：通畅。本句的意思是指挥顺当，猎车进退自如。

右还：右转弯。

与王：跟随君王。

趋梦：向梦泽驰去。王逸《楚辞章句》考辨说：『梦，泽中也。楚人名泽中为梦中。《左氏传》曰：楚大夫斗伯比与郧公之女淫而生子，弃诸梦中。言己与怀王俱猎于梦泽之中，课第群臣，先至后至也。一注云：梦，草中也。』

课：比试。

后先：谁后谁先。

发：发箭、射箭的意思。

惮：尽、死的意思。王逸《楚辞章句》考辨说：『惮，惊也。言怀王是时亲自射兽，惊青兕牛而不能制也。以言尝侍从君猎，今乃放逐，叹而自伤闵也。』《文选》五臣注指出：『惮，惧也。时君王亲射青兕，惧其不能制，我佐君杀之。』

青兕（sì四）：类似犀牛的野兽。《战国策·楚策一》指出：『楚王游于云梦，结驷千乘，旌旗蔽日。野火之起也若云霓，兕虎嗥声若雷霆。有狂兕车依轮而至，王亲引弓而射，一发而殪……』

朱明：红色的太阳。这句话的意思是说天亮了，金色的太阳升起来了。

淹：停。王逸《楚辞章句》考辨说：『淹，久也。言岁月逝往，昼夜相续，年命将老，不可久处，当急来归也。一云：时不淹。一云：时不可淹。一云：时不见淹。』《文选》五臣注指出：『日夜相承，四时不得淹止。』

皋兰被径：河岸上的小路长满了兰草。皋，水边的高地。

斯：这。

渐：没。这里指被草遮盖淹没。王逸《楚辞章句》考辨说：『渐，没也。言泽中香草茂盛，覆被径路，人无采取者，水卒增溢，渐没其道，将至弃捐也。以言贤人久处山野，君不事用，亦将陨颠也。』



湛湛：清澈。

枫：枫林。王逸《楚辞章句》考辨说：『枫，木名也。言湛湛江水，浸润枫木，使之茂盛。伤己不蒙君惠，而身放弃，曾不若树木得其所也。或曰：水旁林木中，鸟兽所聚，不可居之也。』

春：满目春色。王逸《楚辞章句》考辨说：『言湖泽博平，春时草短，望见千里，令人愁思而伤心也。或曰：荡春心。荡，涤也。言春时泽平望远，可以涤荡愁思之心也。一作伤心悲。』

哀：哀伤。王逸《楚辞章句》考辨说：『言魂魄当急来归，江南土地僻远，山林险阻，诚可哀伤，不足处也。』《文选》五臣注指出：『欲使原复归于郢，故言江南之地，可哀如此，皆讽君之词。』

江南：指楚国的江南春景。哀江南，意为楚国衰败，春光不再，诗人被黜在外，充满忧国忧民的感伤。

**译文**

我为人之初就懂得要清白廉洁啊，
身行正义而不曾含糊。
守着这众多美德啊，
都被世俗牵累，变得荒芜起来。
君上不考察这众多美德啊，
我长期遭受忧患愁苦不已。
上帝告诉巫阳说：

「有人在下界，
我想辅助他。
他的魂魄离散了，
你去占卜招还他回来！」
巫阳回答说：
「这是掌梦官的事。
上帝您的命令我难遵从。」
「你必须用占卜招还他回来，
恐怕迟了他会谢世而去，
就招不回他的魂魄了！」
于是巫阳下来招魂说：
「魂啊快归来！
离开你的躯体，
为什么四处乱窜啊？
你抛弃你的安乐住处，
而遭受那些不祥啊。

魂啊快归来！
东方不可以安身啊，
那里的长人有千把丈高，
专门把人的灵魂捕抓啊。
十个太阳轮流出来，
晒得铄金化石啊。
那里的长人都习惯了，
而你的灵魂去了就一定会消熔啊。
快归来啊！
那里不可以寄托安身啊！
魂啊快归来！
南方不可以安身啊！
那里的人雕额漆齿。
割下人肉去祭祀祖先，
用剩余骨髓做成酱汁啊。
蝮蛇多得一丛丛。

大狐狸千里前来觅食啊，
雄虺巨蟒有九个头。
来来往往真神速，
吞食活人来滋补身心啊。
快归来啊！
那里不可以久留啊。
魂啊快归来！
西方对你的危害更可怕，
那里的流沙一望无垠啊。
如果被风沙卷进了深渊，
非粉身碎骨不能停息。
即使有幸得以脱身，
那里四周是空旷荒野啊。
红蚂蚁好像一条大象，
黑蚂蚁好像一个长葫芦。
那里五谷不生，



把丛茅当作饭吃。
那里泥土也伤人，
口渴了想喝水都找不到地方啊。
游荡往来无依无靠，
地方广大无边无际。
快归来啊！
恐怕自己招灾祸啊。
魂啊快归来！
北方不可以停留啊！
那里层层冰山巍峨吓人，
还有飞雪千里啊。
快归来啊！
那里不可以呆得太久啊！
魂啊快归来！
你不要飞上天啊，
虎豹把守天的九道大门，

专门咬害凡人啊。
一个大汉九个头，
一天能拔树九千根啊。
像豺狼一样的竖着双眼，
来来往往一群群啊。
把人吊起来嬉戏玩弄，
再抛到深渊里去啊。
要他报告了天帝，
你才能闭目安息啊。
快归来！
去了恐怕就会危害身体的安全啊！
魂啊快归来！
你不要下到地府幽都啊！
地下魔王多人管制，
他们的头角尖得刺人啊。
横肉纵生的背脊，血淋淋的手指头，





追起人来凶狠狠啊。
三只眼睛凶虎头，
他们的躯干像条牛啊。
这些地下魔王都喜欢吃人肉。
快归来！
恐怕去了就招灾啊。
魂啊快归来！
快进入郢都的南大门啊，
太祝正在招你的魂魄，
背过身躯朝前走啊。
秦国笼子齐国丝线，
郑国缝结的衣服啊，
这些招魂的道具已齐备，
长声吹哨大声召唤你啊。
魂啊快归来！
快返回到故居来啊！

天地四方，
多的是害人精啊！
想象你住在自家居室里，
多么清净安闲啊。
这里是高堂深宇，
层层楼台有围栏啊。
层层的平台水榭，
面对着高山啊。
花格门上挂着红绸门帘，
雕门一块接着一块啊。
冬天有避风的内室，
夏天有乘凉的庭院啊。
溪水幽谷回旋往复，
流水声音潺潺响啊，
风和日丽蕙草摇曳，
香气飘荡在丛兰上啊。



经过厅堂进入内室，
红色竹席装饰着天花板啊。
大理石的屋子用翠鸟羽毛做装饰，
衣服挂在玉钩上啊。
编织着翡翠珍珠的被面，
灿烂地一起发出耀眼光芒啊。
丝绸软绢遮着墙壁，
罗沙帐子挂在床上啊。
流苏条子配着花素丝边，
下面结扎着奇巧的玉璜啊。
房室中的景观，
多的是珍宝啊。
香油灯明亮地燃烧着，
华贵的佳丽在旁伺候啊。
二八列队的佳人侍寝值班，
困了就依次替换啊。

各国诸侯进献的淑女，
超群出众人数众多。
梳妆发式各不相同，
佳丽充满宫院啊。
姿容一个比一个俏丽，
真是绝代佳人啊。
柔弱女子在旁伺候，
难得她们情深意浓啊。
俏容美态，
遍及洞房啊。
娥眉美目，
灿烂生辉。
精致的面容、细腻的肌肤，
美目看人情意长啊。
室外的台榭和帐篷中，
都可看到她们的身影。



翡翠帷屏和帐子，
装饰着高堂啊。
朱砂窗台，
黑玉雕饰的栋梁啊。
仰望着方椽藻井，
上面有龙蛇彩绘啊。
坐在厅堂上手扶栏杆，
下面是曲折的池塘水啊。
塘中莲花刚刚盛开，
点缀着青青荷叶啊。
水葵紫茎浮在水面，
随着流水泛起绿波啊。
那里有神采奕奕穿着豹皮的卫士，
侍卫分布在高高低低的山坡啊。
轻车和卧车都到了，
步兵和骑兵列队巡逻啊。

从兰种植在门前，
玉树排成了篱笆啊。
魂啊快归来！
为什么要跑到远方去呢？
家族聚居在一起，
吃的东西多种多样。
饭有大米、小米和新麦，
还掺杂着黄粱米啊。
味有苦、咸、酸，
辣的和甜的一并用上啊。
肥牛四蹄筋肉，
煮得烂熟真是香啊。
酸味和苦味相调和，
做成吴国风味的鲜汤啊。
清蒸甲鱼，火煨羊羔，
又加上甘蔗甜汁啊。
天鹅醋溜、干烧野鸭，
油煎大雁和灰鸽啊。
卤制肥鸡、清汤龟肉，
味道浓烈而不伤胃啊。
点心是馓子蜜糕，
还有麦芽的饴糖啊。
饮着美酒加蜂蜜，
鸟形酒杯都盛满啊。
沥去酒渣制成冷饮，
醇酒可口又清凉啊。
盛宴已摆上，
又劝饮琼浆啊。
快归来返回家乡，
受人尊敬一切无妨啊。
菜肴美味还没有上齐，
女乐就列队登场了啊。

敲响编钟击打大鼓，
演唱新歌了啊。
曲子是《涉江》和《采菱》，
还有《扬荷》名曲啊。
美人醉酒了，
红颜粉面更鲜艳。
一双眯眼逗人目光，
眼里布满柔光啊。
身穿绣花轻衣，
美丽又大方啊。
长发披肩，
容颜艳丽啊。
二八列队的佳人打扮一致，
跳起了郑国的土风舞啊。
衣钗掰开好似竿子叉着，
她们舞毕退下场啊。





长竽清瑟发狂合奏，
鼓声咚咚震天响。
宫廷上下都震惊，
齐唱《激楚》名曲啊。
还有吴地民歌蔡地小曲，
并奏响了秦钟大吕。
男女混坐，
杂乱不分啊。
脱下组绶帽带，
陈列在座位上色彩缤纷啊。
郑国卫国的歌女，
都来参加，互相取乐啊。
《激楚》一曲的演员发髻，
特别秀丽抢人眼球啊。
拿出射筒筹码和象棋，
来玩六博游戏啊。

分组对弈，
大家起劲一较高低啊。
得个头彩就能起翻，
大呼快出个五白啊。
赢得一个晋国制造的金带钩，
光耀白日好美啊。
撞击编钟震动了钟架，
使劲地弹奏梓瑟啊。
喝酒贪杯不停息，
日夜喝得大醉啊。
兰油明灯满堂亮着，
一盏盏金华灯多么美丽啊。
宴会赋诗竭尽心思，
优美的词藻多用些啊。
人人都有独到之处，
同用苦心来作赋啊。



饮美酒尽欢乐，
先辈快乐故友高兴啊。
魂啊快归来！
回到故乡来啊！

尾声：

贺年迎新春啊，
我匆匆忙忙将南行。
绿蘋长齐了叶子啊，
白芷香草已经重新发芽。
路上经过庐江啊，
江的左岸有长薄。
沿着湖沼分出一片片水田啊，
远远的望去多么广阔。
青黑马匹连车结队啊，
整齐排列着一千乘马车。
点起火炬燃烧起来啊，

照亮暗青的天空。
车马行走奔驰啊，
诱使着人们去争先竞跑。
忽停忽跑都很顺心啊，
调转车头向右走。
跟王奔驰来到云梦泽啊，
评评先来和后到。
君王亲自发箭啊，
小心射中了青兕！
白天连接着夜晚啊，
时光不可以久留。
水边兰草长满了小路啊，
这条小路已经被水淹了。
看见清清的江水啊，
还有江岸的青枫。
遥望千里啊，
春景令我伤心。
魂啊快归来！
一起哀伤楚国的江南春景！



**评点**

招魂是起源于我国远古时代的一种民俗，后被道教采用，一直流传至今，并传播到海外。楚怀王三十年（公元前299年），秦军伐楚，楚怀王被骗入秦，三年后在秦忧郁而死。屈原借用民间招魂的形式，表达了他悼念楚怀王和对祖国无限热爱的真挚情感。历代学者认为，《招魂》在内容和形式上的完美结合，使其在中国文学中占有重要地位，特别是其文章结构和写作手法，对后来汉赋的创作产生了直接的影响。关于《招魂》的作者，大体有两种说法。第一种以司马迁为代表，认为作者是屈原；第二种说法，以王逸为代表，认为作者是宋玉。笔者认为，司马迁的观点是正确的。汤炳正《楚辞今注》说：『《招魂》乃屈原放逐途中，行至庐江陵阳一代，转南下时作。时当顷襄王三年，怀王客死于秦，「秦归其丧于楚，楚人皆怜之，如悲亲戚。」（《史记·楚世家》）故屈原作此诗以吊之。辞外陈四方之恶，内崇楚国之美，用以寄托诗人盼望怀王魂返故都的强烈愿望。因而文中所叙宫室之壮丽，饮食之丰饶，歌舞之繁盛，皆非王者不能有。在「乱辞」中，屈原自叙其「汩吾南征」，「路贯庐江左长薄」，庐江在陵阳，则作《招魂》之地，殆即流放初期到达陵阳转而南下之际。又据乱辞「献春发岁，汩吾南征」推测，则其当时在楚襄王三年之春，亦即楚怀王客死于秦之日。』可备参考。